Esta edição possui o mesmo texto ficcional das edições anteriores.

Tonico
© José Rezende Filho, 1977

Diretoria de conteúdo e inovação pedagógica Mário Ghio Júnior
Diretoria editorial Lidiane Vivaldini Olo
Gerência editorial Paulo Nascimento Verano
Edição Camila Saraiva e Fabiane Zorn

ARTE

Ricardo de Gan Braga (superv.), Soraia Pauli Scarpa (coord.) e Thatiana Kalaes (assist.)
Projeto gráfico & redesenho do logo Marcelo Martinez | Laboratório Secreto
Capa montagem de Marcelo Martinez | Laboratório Secreto sobre ilustração de Iranildo Alves
Diagramação Balão Editorial

REVISÃO

Hélia de Jesus Gonsaga (ger.), Rosângela Muricy (coord.) e Balão Editorial

ICONOGRAFIA

Silvio Kligin (superv.), Claudia Bertolazzi (pesquisa), Cesar Wolf
e Fernanda Crevin (tratamento de imagem)
Crédito das imagens Arquivo pessoal (p. 138); Divulgação (p. 140)

CIP-BRASIL. CATALOGAÇÃO NA FONTE
SINDICATO NACIONAL DOS EDITORES DE LIVROS, RJ

R356t
19. ed.

Rezende Filho, José, 1929-1977
  Tonico / José Rezende Filho. - 19. ed. - São Paulo : Ática, 2015.
  144 p. (Vaga-Lume)

  Inclui apêndice
  ISBN 978 85 08 17363-1

  1. Novela infantojuvenil brasileira. I. Título. II. Série.

15-22291
 CDD: 028.5
 CDU: 087.5

Código da obra CL 739043
CAE 548841

2016
19ª edição
2ª impressão
Impressão e acabamento: Edições Loyola

editora ática
Direitos desta edição cedidos à Editora Ática S.A.
Avenida das Nações Unidas, 7221
Pinheiros – São Paulo – SP – CEP 05425-902
Tel.: 4003-3061 – atendimento@atica.com.br
www.atica.com.br

IMPORTANTE: Ao comprar um livro, você remunera e reconhece o trabalho do autor e o de muitos outros profissionais envolvidos na produção editorial e na comercialização das obras: editores, revisores, diagramadores, ilustradores, gráficos, divulgadores, distribuidores, livreiros, entre outros. Ajude-nos a combater a cópia ilegal! Ela gera desemprego, prejudica a difusão da cultura e encarece os livros que você compra.

Tonico

JOSÉ REZENDE FILHO

Série Vaga-Lume

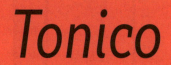

A aventura do cotidiano

DEPOIS DA MORTE DO PAI, a vida mudou completamente para Tonico. O menino precisou trabalhar e acabou descobrindo que o mundo dos adultos não era nem um pouco interessante. Ele queria ser livre como Carniça, seu melhor amigo, e, para isso, estava disposto a tudo...

Em *Tonico*, você vai ficar conhecendo dois garotos simpáticos e corajosos, sempre prontos a enfrentar as surpresas que a vida reserva para cada um de nós. Numa história envolvente, em que se unem ação e emoções, José Rezende Filho revela que o cotidiano também pode ser uma aventura extraordinária.

Venha se juntar aos dois amigos e partilhar suas experiências, sentimentos, brincadeiras. Você vai notar que o fato mais banal pode se tornar fantástico, dependendo da maneira como se olha para ele. Boa leitura.

capítulo 1. **9**
capítulo 2. **12**
capítulo 3. **18**
capítulo 4. **22**
capítulo 5. **25**
capítulo 6. **31**
capítulo 7. **38**
capítulo 8. **43**
capítulo 9. **48**
capítulo 10. **51**
capítulo 11. **56**
capítulo 12. **64**
capítulo 13. **70**
capítulo 14. **84**
capítulo 15. **91**
capítulo 16. **97**
capítulo 17. **102**
capítulo 18. **108**
capítulo 19. **114**
capítulo 20. **118**
capítulo 21. **123**
capítulo 22. **132**

Saiba mais sobre José Rezende Filho **138**

1.

TONICO VEIO CORRENDO PELO MEIO DA RUA, calça curta branca, camisa grená, sapatos e meias. Entrou pela porta dos fundos e sentou-se na primeira cadeira, perto da mesa, respirando, curvado, os braços nas coxas. Acabava de chegar do enterro do seu pai e duvidava ainda que ele tivesse morrido. Permanecia assim, pensativo e estático, sem saber ao certo que tipo de solidão estava sentindo, quando a mãe, a avó e o tio Severino chegaram. Os outros parentes já haviam ido para suas casas. Nem se levantou da cadeira e mal ouviu quando a avó lhe perguntou se não estava com fome.

— Não quer fazer um lanche?

O tio Severino estava no quarto conversando, Tonico não sabia o quê, com sua mãe. Ouvia apenas de longe. Ela estava soluçando e algo lhe dizia que haveria grandes mudanças em sua vida. Ou melhor, na vida de todos, agora que seu pai estava morto. "Como vai ser pra minha mãe comprar comida pra casa? E roupas pra gente? E dinheiro para o meu cinema?" A avó Corália perguntou-lhe outra vez.

— Não quer lanchar, Tonico?

Levantou-se por fim, e foi até a janela. De lá via o campo, perto da estação, onde os amigos jogavam futebol. Ele se lembrou de que o Cafua e o Bentinho também não tinham pai; Manuel, Ricardo e Pedro Henrique não tinham mãe. Tudo como ele agora, que também não tinha pai. Ainda pior era Carniça (chamava-se Valtinho, mas a garotada há muito tempo o havia batizado de Carniça porque seus dentes da frente eram todos estragados). Tinha mãe, mas nunca havia conhecido o pai. Pelo menos era o que ele mesmo dizia aos amigos de futebol. E até já ouvira essa história contada por Dona Elza, a dona do armazém. Todo mundo sabia que Carniça vivia na rua, fazendo bagunça nas calçadas ou jogando bola o dia inteiro. Dona Zen, mãe de Tonico, estava sempre se queixando:

— Não ande com esse menino. É um moleque de rua.

Mas Tonico gostava dele. Davam-se bem e jogavam sempre no mesmo time. Depois, Carniça era mais forte e disposto. Defendia o amigo dos pontapés dos outros.

— Não mexe com ele não, senão vai ver.

Dona Zen, e a maioria das mães do lugar aconselhavam a que os filhos não brincassem com o Carniça nem o trouxessem em casa. O garoto pouco estava se incomodando com eles, e na verdade nem sabia o que estava acontecendo em seu redor. E por sua própria conta, talvez pelo seu instinto de menino livre, não ia à casa de ninguém. Quando queria beber água pedia no botequim do Zé, que ele dava. Tonico gostaria de ter essa liberdade do amigo, mas não podia.

Sua avó Corália surgiu da cozinha, trazendo-lhe um pedaço de pão com manteiga e uma banana.

— Depois, beba um copo d'água. Você não comeu desde o almoço.

O tio Severino veio do quarto, a irmã atrás, muito triste, uns olhos roxos de tanto chorar. Severino dirigiu-se para o sobrinho.

— Vamos lá pro quarto. Quero conversar com você.

Aquilo também era novidade. Pela primeira vez alguém o chamava num canto para conversar. Era mesmo um sinal de que muita coisa ia mudar depois da morte do pai.

— Deixa eu comer o meu lanche.

— Espera um pouco, Bio. — Era assim que a avó Corália chamava o filho.

2.

TONICO FOI PARA A COZINHA mastigando o pão e sentou-se num banco que seu pai fizera, duas semanas atrás, antes de cair doente. Mas a cabeça estava mesmo era no campo da estação, onde a turma jogava bola.

— Amanhã não precisa ir para a escola. — Sua mãe falou. — A diretora disse que você podia ficar uns dias em casa.

— Nem pode ir para a rua, também. Agora você é o homem da casa.

Estava acabando de comer sua banana e não entendia direito o que a sua avó estava querendo lhe dizer com essa história de ser agora o homem da casa. Talvez fosse por isso que o tio queria conversar com ele no quarto. Nunca havia conversado assim com ninguém. Estava mesmo curioso e ainda bem não havia bebido a caneca de água, disse para o tio:

— Vamos agora?

— Isso, pro quarto da sua mãe.

O menino seguiu na frente e o tio atrás, depois de ter olhado para as duas mulheres silenciosas.

Tonico sentou-se à beira da cama e passou uma vista geral no quarto. Lá estava um retrato do pai (bigode, cabelos estirados, cara meio alegre), que nunca tinha visto antes, naquela mesinha de espelho grande. O tio sentou-se numa cadeira, aproximou-se dele e sorriu de lado, como se não tivesse certeza do que deveria dizer ao menino. Mas começou, Tonico olhando para ele, o pensamento no jogo de bola.

— Você vai fazer quatorze anos e já pode trabalhar para ajudar sua mãe. O que ela vai ficar recebendo é quase nada, pois seu pai era apenas um carpinteiro e ganhava muito pouco. Ele se matava, fazendo horas extras. Você sabe que até dormia na obra.

Tonico sabia disso porque só via o pai aos sábados e domingos. Às vezes nem isso. Severino foi até a janela do quarto para jogar o cigarro na rua.

— O que eu tinha para lhe dizer é isso que você acabou de ouvir. Ainda hoje de manhã eu falei com o Seu Duda, você sabe quem é? Aquele Seu Duda, marido da Dona Flor, dono de uma lojinha perto do Disco.

O menino balançou a cabeça, só por balançar, pois não estava bem certo se conhecia o homem. Talvez já o tivesse visto, ou passado perto dele, ou até entrado na loja para comprar agulha ou linha para a mãe. Mas fez de conta que sabia e balançou a cabeça como quem diz "ah, já sei quem é", pois queria mesmo era ouvir o resto. Severino procurou os fósforos para acender outro cigarro.

— Vai lá dentro e pede a tua mãe para me arranjar uns fósforos.

Foi e voltou num segundo, e até já se via trabalhando na loja. Sentia-se importante e agora estava cada vez mais certo de que sua vida ia mudar. O tio, então, acabou de dizer o que ele já sabia que ia ouvir.

— Falei com Seu Duda, hoje de manhã, e ele me disse que estava precisando de um menino esperto, assim como você, para fazer limpeza, olhar a frente da loja e entregar uma encomendinha ou outra na casa do freguês. Mas nada pesado que você não possa levar nas mãos. Você sabe, ele só vende coisas pequenas.

— Ele vai me pagar? — Ficou ansioso e o tio deu-lhe uns tapinhas nas pernas nuas.

— Claro, menino. Eu lá vou deixar você trabalhar de graça? Vai te pagar trezentos cruzeiros por mês.

Abriu os olhos e ficou vermelho como se estivesse queimando de febre.

— Vou dar tudo para minha mãe?

— Pra que você quer dinheiro, Tonico?

— Ir pro cinema e comprar coisas. Agora já posso ir ao Maracanã, tio, ver o meu time.

— Qual é o seu time?

— América.

— Mas logo o América? Teu pai era Flamengo.

— Eu sei, mas eu sou América.

Dona Zenaide, que estava ouvindo a conversa encostada na porta, disse de lá:

— Nem pense que vou deixar você ir ao Maracanã, naquela lonjura, dentro desses trens malucos da Central. Você vai se perder.

Virou-se para a mãe, depois para o tio, e ficou sem saber o que responder.

— O Carniça vai sozinho pro Maracanã, o Cafua, o Bentinho...

A mãe o interrompeu com um gesto impaciente.

— Moleques de rua. Os pais não ligam para eles. Vivem por aí de manhã à noite. Nem estudam.

Tonico então lembrou-se da coisa importante que sabia estar faltando naquela conversa toda.

— Como é que vou para a escola?

— Vou falar com o Padre Colombo — intercedeu o tio — para você acabar de fazer o ginásio na escola noturna dele. Lá é só para adultos, mas ele me prometeu dar um jeitinho.

Zenaide sentou-se ao lado do filho e recomeçou o choro. Severino saiu de onde estava e abraçou a irmã.

— Lá vem você outra vez. A vida é assim mesmo.

Aí olhou de lado para Tonico, e rindo, como quem fosse praticar um ato proibido naquele momento, arriscou:

— Você é nova e bonita. Quem sabe não vai casar outra vez?

— Nunca mais — respondeu com as mãos no rosto, meio caída sobre o filho. — Nunca mais quero homem nenhum na minha vida.

— Isso é agora — insistia o irmão. — Depois a vida vai passando e ninguém pode viver sem ninguém. É lei de Deus.

Ela soluçava e o irmão já não sabia o que dizer. Arrependera-se até de ter falado aquilo na frente do menino, logo no dia do enterro do pai. "Que ideia mais besta eu tive."

— Eu só quis te consolar.

— Eu sei, Bio, eu sei. É que estou sem saber como Tonico vai poder estudar à noite, depois de trabalhar o dia inteiro.

— Mas Tonico é um menino forte, Zen.

— Ora, mamãe. Pode deixar que eu aguento. — Tonico parecia aflito.

— Homem é homem, não é, ó garotão! — Severino abraçou o sobrinho e suspendeu-o no ar. — Pra que servem estas calças, hein, Tonico?

— Quando vou buscar as meninas, Bio?

— Deixa comigo. Marly, por enquanto, tem condições de tratar delas melhor do que você. Quando tudo se ajeitar e vocês se acostumarem com a nova vida...

— Não vou me acostumar nunca.

— Vai sim, mulher, vai sim. Logo que tudo esteja menos confuso, você mais conformada, Tonico trabalhando, aí eu trago as meninas.

Caiu de vez sobre a cama, chorando sem parar.

— Nem sabem que o pai morreu. Como é que Luiz foi morrer assim, meu Deus. Sem mais nem menos. Uma dorzinha besta e o homem se foi de repente.

— Não adianta ficar falando dessas coisas — disse Severino. — Aconteceu, e agora você vai ter que enfrentar a vida com seu filho, que já é um homem.

Virou-se para o menino e botou uma mão no seu ombro.

— É ou não é, Tonico? Você já não é um homem? Vai deixar sua mãe sem ajuda?

Não respondeu porque estava com uma vontade louca de cair no choro. "Um homem não chora", pensou. Não queria mostrar à mãe que ainda era menino. De modo que balançou a cabeça de cima para baixo duas ou três vezes, e o tio sorriu feliz.

— Eu não disse, Zen. Ele é um homem. Vai trabalhar, estudar e ser muito legal para todo mundo. Não é mesmo, Tonico?

Agora mãe e filho estavam abraçados e Dona Zen soluçava que só vendo. Severino ficou silencioso, as lágrimas também escorrendo pelo seu rosto. Meteu as mãos por baixo dos olhos e saiu do quarto dizendo que ia beber um copo d'água e que voltava já.

Quando retornou, mãe e filho continuavam abraçados e silenciosos, respirando quietos. Severino sentou-se na cadeira e disse:

— Eu sou o irmão mais velho da família. Sempre gostei muito de você, do Luiz e dos meus sobrinhos. Pode ficar descansada que vou dar a minha ajuda. Família é pra isso mesmo. Vocês não vão ficar sozinhos.

3.

TONICO PASSOU O RESTO DA TARDE MUITO EXCITADO. Na verdade nem se lembrava mais da morte do pai. Só pedia a Deus que as horas passassem para no outro dia ir trabalhar na loja do Seu Duda. Até a pelada no campo da estação sumiu da sua cabeça. Esperou impaciente o anoitecer, e ainda bem as luzes da rua não estavam acesas, meteu-se na cama para chegar logo amanhã. No outro dia, às sete e meia, estava na porta da loja, ainda fechada. Seu Duda, um velhote atarracado, chegou às oito, olhou o menino de cima a baixo e, sem ao menos piscar os olhos, meteu a chave na fechadura da porta de aço. Tonico aproximou-se. Só agora estava se lembrando dele.

— Você é filho da Zenaide? — perguntou o homem.

— Sou, sim senhor.

— Eu senti a morte de seu pai. Trabalhador, bom chefe de família. Mas a vida não para.

Suspendeu a porta e mandou-o lá nos fundos apanhar a vassoura e o espanador.

— Comece do banheiro. Meta um balde d'água na privada que a descarga está com defeito. Depois lave a pia, uns copos que estão lá por cima, deixe tudo limpinho. Quando acabar lá dentro venha varrer a loja. Depois pegue o espanador e tire a poeira de cima dos balcões e das mercadorias. Seu tio me disse que você é um menino esperto e saudável. Acho que em meia hora você dá conta do recado. — Seu Duda tinha o ar de quem detestava o mundo.

Tonico lembrou-se de que nessa mesma hora, na escola, a professora estava batendo com a régua na mesa, pedindo que acabassem com a algazarra. Era assim todo dia. Seu Duda deu com a mão, como quem diz "vai cuidar da tua vida", e ele foi para os fundos da loja enquanto o patrão ficou arrumando uma vitrina. Minutos depois, Tonico voltou desconsolado para dizer que não havia encontrado nem a vassoura nem o espanador.

— Do seu tamanho e ainda não sabe procurar nada?

O patrão foi com ele até os fundos da loja onde lhe mostrou, ao pé da porta, bem ali na cara, a vassoura e o espanador, dependurado logo acima.

— Estas coisas são guardadas aqui há anos e nunca ninguém as mudou de lugar — disse o velho com aspereza. — Agora comece a varrer.

Tonico abriu os braços, a vassoura e o espanador em cada mão.

— O senhor não disse que era para lavar o banheiro antes?

— Você não lavou o banheiro ainda? Que diabo está fazendo aqui dentro desde que abri a loja?

— Procurando.

Nem o deixou terminar. Retirou-se furioso para a frente da loja em direção a um freguês.

— Ah, os meninos do meu tempo!

Tonico ficou rodopiando de um canto para o outro da loja. A fome era de rachar. O que mais lhe fazia sofrer era olhar os colegas vindo da escola. Depois do almoço, então, quase desesperou. Os colegas estavam reunidos na praça, e ele viu quando saíram correndo para o campo de futebol. Carniça surgiu de trás da banca de jornal e Tonico deu três passos rápidos até a porta da loja, na esperança de ser visto por ele.

— Que está fazendo aí na porta, menino?

Era a mulher do Seu Duda, que também ajudava o marido no balcão, e que havia perguntado antes:

— Esse é o menino da Zenaide?

— É.

— E como está ele?

— Como toda a meninada de hoje em dia, mas com um pouco de paciência vai aprendendo.

Já estava era com ódio dos dois velhos. Cada um de um lado do balcão, e nenhum freguês. Na hora do almoço, à mesa da cozinha, dissera à avó:

— É um velho chato. Nem deixa a gente descansar. A mulher, então, ainda é pior.

E agora ali estava, em plena duas horas da tarde, o pessoal se esbaldando no campo de futebol. Foi não foi, encostava-se na porta da loja, o campo diante dele como um deslumbramento. O patrão, ou a mulher, lá de dentro do balcão, reclamando:

— Que diabo faz esse menino na porta? Assim não vai dar.

Quando a garotada descobriu que ele estava trabalhando na loja, a coisa desandou. Chegavam aos três e aos quatro e chamavam da calçada. Tonico olhava de lado, pegava os velhos distraídos, e lá ia bater papo. Ao modo dele, contava que agora era o homem da casa e que precisava ajudar sua mãe, que Seu Duda ia pagar trezentas pratas por mês, etc. O velhote perdeu a paciência e deu uns gritos no Tonico, os fregueses olhando, o pessoal que passava na calçada também. A garotada deu uma tremenda vaia. Um deles chegou a jogar um pedaço de pau que foi cair dentro da loja. Tonico entrou assustado.

— Eu não tenho culpa.

— São uns moleques. Uns moleques. Se acontecer isso outra vez te mando embora. Depois falo com o teu tio para te dar uma surra.

— Meu tio não me bate.

— Então, tua mãe.

— Ela também não bate em mim.

— É por isso. Hoje vocês não apanham. No meu tempo, era só meu pai me chamar e eu mijava de medo.

4.

DE NOITE, SEVERINO FOI À CASA DA IRMÃ. Queria saber das novidades. Principalmente as de Tonico, no seu primeiro dia de trabalho. Antes, porém, já havia passado na loja e conversado com o velhote. De modo que já sabia de tudo. E nem o sobrinho lhe escondeu nada, repetindo para o tio o que havia dito à sua mãe e à avó: "Que Seu Duda era um velhote muito chato e que a mulher dele era mais chata ainda, e que o tio arranjasse outro emprego para ele". Falou assim de uma vez, muito rápido, como se já soubesse do que lhe iria acontecer dentro dos próximos anos.

— Mas todo emprego é a mesma coisa, Tonico — respondeu o tio pacientemente, observado de longe pela mãe e irmã.

— Eu também comecei a trabalhar na sua idade.

— Mas só eu sei o trabalho que você me deu — observou Dona Corália.

Severino apertou as mãos e baixou a cabeça, dando-se por vencido:

— Se vocês acham que ele é que está certo.

— Não acho nada disso. Esse menino ainda é muito criança para estar certo das coisas. O que eu acho é que precisamos ter paciência, como eu tive com você.

Tonico, agora, ouvia o diálogo do banheiro. Tinha certeza de que sua avó o estava defendendo. "Ela é joia", pensava. Mas quando ele voltou foi justamente ela quem lhe disse, firme:

— Amanhã vai voltar para o trabalho e não quero saber de reclamações. Você ainda é uma criança, nós sabemos, mas já está na idade de aprender o que está certo e o que está errado. Você quer ou não quer ajudar sua mãe?

— Quero.

Largou um *quero* tão amolecido que ninguém pôde deixar de rir, mas Dona Corália manteve-se séria.

— Então, trabalhar é isso que você viu hoje. E é só o começo. — Quando queria ela sabia ser firme.

De repente, um silvo vindo da rua fez o menino dar um pulo e correr para a janela. Era Carniça, no outro lado da calçada, fazendo sinais. Tonico respondeu com a mão espalmada, como quem diz: já vou. Dona Zen acompanhou-o ao mesmo tempo que olhava para a mãe e o irmão.

— É aquele moleque. — Pegou o filho por um braço. — Não vai sair hoje de casa, não senhor. É muito tarde e você está cansado. Amanhã é dia de trabalho.

Tonico enfezou-se, deu um puxão com o braço e amuou num canto.

— E minha escola? Quando é que vou para a escola de

noite? Ninguém falou mais nisso. Só dizem trabalhar, trabalhar. Ninguém diz estudar, estudar. Também vou estar cansado para estudar até dez horas todo dia. Não posso mais conversar com meus colegas?

— Mas esse não é um colega que lhe sirva — disse Zen.
— Pergunte se ele estuda. Se trabalha.

— Ele trabalha, sim. Vende jornais bem cedinho e ainda engraxa sapatos por aí. Ganha mais de trinta pratas todo dia. Ele me contou. E ainda joga bola com a gente, de tarde.

Outro silvo, agora mais forte. Tonico foi novamente à janela e disse:

— Mamãe não deixa eu sair.

Carniça deu meia volta e lá se foi assobiando, carregando nas costas o olhar comprido do amigo que só pensava em um dia ter a mesma liberdade dele. Fazer o que quiser, ir para onde quiser, não ter patrão, nem nada. "Mas minha mãe não deixa fazer o que eu quero. Nem minha avó. E agora tenho também meu tio se metendo só porque meu pai morreu. Meu pai não dava bronca em mim e nunca me mandou trabalhar." Depois outros colegas vieram chamá-lo para brincar na praça, mas Dona Zen despachou-os, dizendo-lhes que ele estava muito cansado. Mesmo assim Tonico ficou conversando com os amigos da janela para a calçada. Contava as suas novidades. E de lá Dona Corália dizia:

— Criança é assim mesmo, minha gente.

5.

NO OUTRO DIA, BEM CEDO, com toda a má vontade do mundo ele tomou o caminho do trabalho. Como no dia anterior a loja ainda estava fechada, e Tonico disse com seus botões: "amanhã só chego quando já estiver aberta". Seu Duda, cara fechada como era seu jeito, nem olhou para ele. Foi logo metendo a chave na fechadura, suspendendo a porta. Tonico também não disse nada. Nem deu bom-dia. Entrou pros fundos da loja "isso lá é vida", e dessa vez achou a vassoura e o espanador. A privada estava imunda e quase vomitou quando jogou o primeiro balde. "Velho pão-duro. Por que não manda consertar essa porcaria? Isso deve ser coisa da mulher dele. Custa nada encher um balde e jogar aqui dentro? Quando eu não estava aqui, quem fazia isso?" Depois pegou na vassoura e começou varrendo com uma cara daquele tamanho. O velho ficou olhando o serviço malfeito do menino.

— Meta a vassoura lá por baixo. Olha quanto pedaço de papel ficou.

Voltou e meteu a vassoura debaixo da prateleira, trazendo um montão de lixo.

— É preciso aprender a trabalhar — disse o velho — e a primeira lição do menino pobre é como varrer bem o chão. As outras coisas vêm depois.

Tonico não sabia por que o velho estava lhe dizendo estas coisas.

— Por que o senhor não manda consertar a privada? Ela estava até aqui em cima. — E botou a mão à altura do pescoço.

— Eu sei. É a boia. Já providenciei.

Quando a mulher do Seu Duda chegou, lá pras dez horas, foi logo reclamando do chão mal varrido e da poeira cobrindo tudo.

— Esse menino não sabe fazer nada.

— São todos iguais — respondeu o velho. — Sai esse e vem outro pior.

Não ligou. Já estava resolvido a não voltar no outro dia. "Vou contar à minha avó a porcaria que eles fizeram na privada. E vou dizer à minha mãe que não vou mais limpar porcaria de ninguém." E por causa disso, Tonico não quis almoçar. Inventou que só vivia se lembrando "daquilo de manhã cedo", e aí teve o apoio da casa inteira.

— Vou falar ao Bio para lhe arranjar outro emprego. E avisar logo ao patrão que você não é pra limpeza de privada.

— Vai demorar muito o meu tio arranjar outro emprego?

— Que nada. Todo mundo está precisando de um garoto pra ajudar.

Quando voltou à loja foi logo dizendo:

— Minha avó mandou dizer que não é para eu limpar privada.

— Ora, veja só — observou de lá a mulher do Seu Duda. E o marido acrescentou, depois de dar dois espirros:

— Diga à sua avó que quem manda aqui sou eu.

— Eu acho que o meu tio vem falar com o senhor.

— Isso mesmo. Quem quer falar com seu tio sou eu. Agora me arrume essas caixas ali.

— Depois dê uma varrida na loja — completou a mulher.

— Foi muito mal varrida hoje de manhã. Está imunda.

Mais tarde recebeu uma encomenda para levar à casa de uma freguesa.

— É ali pertinho, no outro lado da estação. Em dez minutos você vai e volta.

Não eram três horas quando deixou a loja com o embrulho debaixo do braço, e às cinco ainda não tinha voltado.

— Onde raios se meteu esse fedelho?

— Aposto como anda por aí no meio dos moleques — respondeu a mulher, atendendo a uma freguesa e fazendo observações. — Esses meninos de hoje não valem nada.

— É isso mesmo, minha filha — respondeu a freguesa. — É por isso que os meus não saem da escola, para ver se servem para alguma coisa.

Seu Duda não saía da porta, pescoço esticado, dedilhando de longe as escadas da estação, palmilhando com os olhos toda a praça, acompanhando cada garoto que passava correndo, o bairro inteiro montado na sua cabeça. E Tonico nada. Por fim, espumando de raiva, disse para a mulher:

— Fica aqui um pouco que eu vou achar esse menino.

Mas no fim estava preocupado mesmo era com os setenta cruzeiros que a mercadoria valia e que "talvez esse moleque tenha recebido e gasto com besteiras. Um ladrão, mas o tio dele tem que me pagar". Apressado, as calças sobrando no fundilho, lá se foi subindo os degraus da estação e descendo logo em seguida até o endereço da freguesa.

— Ainda não chegou, Seu Duda — respondeu a mulher. — Já tinha dito até comigo: será que ele não mandou porque não paguei? Eu nunca fiquei devendo nada a ninguém, sabe Seu Duda?

Aí o velho torceu todo o corpo, ficou vermelho e sorriu o quanto pôde.

— Deus me livre, Dona Zélia, nem pensei nisso. A loja é sua. Pode mandar buscar o que quiser. É que estou preocupado com o menino, a senhora sabe, um garoto que nunca trabalhou, meio bobinho, filho da Dona Zenaide, aquela costureira da Rua Tavares, a senhora conhece?

— Não me lembro Seu Duda — a mulher respondia com ar piedoso.

— E agora o garoto some. Imagine, um menino sob minha responsabilidade. Saiu da loja às duas da tarde e até agora, meu Deus.

— O senhor já foi na casa dele? Quem sabe não foi atropelado? Esses carros andam por aí na maior velocidade e a polícia, olhe, nem está aí.

— Deixa eu ver se encontro esse menino. Estou muito preocupado com ele.

— Pois vá, Seu Duda. Amanhã passo na loja e pego o que eu lhe comprei. É até bom para o senhor, pois já lhe pago.

— Que é isso, Dona Zélia! A senhora tem crédito. Hoje mesmo sua mercadoria vem. Eu vou achar o garoto.

E saiu resfolegando, aterrorizado só de pensar em como subir e descer todos aqueles degraus novamente. "Já sei onde vou achar o peste." E dirigiu-se ao campo de futebol, sua grande esperança. "O dinheiro ele não recebeu, está salvo." Pensando assim teve mais forças para caminhar até o campo, sentindo menos peso no corpo. Nem precisou se aproximar muito. Lá estava, ao pé da trave, o embrulho verde. "Dinheiro e mercadoria salvos, graças a Deus." Tonico corria pela ponta direita, a bola dominada, prontinho para centrar, quando o goleiro do seu time apareceu gritando "Tonico, Tonico, aquele moço roubou teus negócios". Deixou tudo e partiu para onde havia deixado a encomenda. E viu Seu Duda pelas costas, caminhando vagarosamente, com o embrulho verde debaixo do braço. Os meninos cercaram Tonico perguntando "quem foi que te roubou" e o juiz da partida, um molecote mais parrudo do que os outros, sem perguntar nada, saiu correndo.

— Pega ladrão, pega ladrão...

Saíram todos atrás do "juiz" gritando que Seu Duda era o dono da loja, e que o embrulho era dele. O molecote voltou cansado, o suor cobrindo tudo e enxugando o rosto com a manga da camisa.

— Eu ia cobrir ele de pancada, morou? Como é, vamos continuar o jogo? Quem está vencendo?

6.

A BRINCADEIRA FICOU POR ALI MESMO. Quase seis da noite, a hora triste da meninada voltar para casa. Depois teriam que se arranjar com os pais, se quisessem dar uma saidinha. Pelo menos a maioria. Outros, como Carniça, não tinham hora para nada. A vida, boa ou má, já lhes pertencia.

— Se eu quiser, nem volto para casa hoje — dizia Carniça ao lado de Tonico. — Minha mãe já está acostumada. Isso desde que eu tinha seis anos.

— Vou lá pro depósito, arranjo um bocado de jornal velho, fica macio mesmo, e me deito. Quando dá quatro da matina o Paraíba me acorda, tem menino assim, dá os jornais pra gente vender e cada um sai pro seu lado.

— É só gritar e o povo vem correndo comprar?

— Que nada, meu chapa. Isso funciona muito pouco. A gente tem que ir pra estação da Central.

Tonico arrepiou-se. Sua mãe não o deixava ir nem ao Maracanã, de tarde, quanto mais à estação da Central, de madrugada. Carniça continuou falando.

— Por que você fez assim com a cara?

— Central do Brasil é muito longe. Fui lá poucas vezes, mas com meu pai, minha mãe, meu tio, minha avó. Sozinho nunca fui a lugar nenhum.

— Besteira. É tão fácil. Você não tem é prática de andar por aí, meu chapa.

Agora Tonico aproximava-se de casa, e disse:

— Vamos para o outro lado da calçada.

Carniça não perguntou por quê, nem o outro lhe disse nada. Ambos já sabiam o que significava serem vistos juntos. Encostaram-se numa árvore. Viram quando a porta da sua casa se abriu, e o Seu Duda, ainda com o embrulho verde debaixo do braço, apertava a mão da sua mãe e da sua avó. Despedia-se, depois de ter feito sua caveira.

— Tu entrou numa fria — disse Carniça.

— Meu tio vai arranjar outro emprego pra mim.

— Não gosto de empregos. Todo mundo manda na gente.

— Com esse velho não vou trabalhar mais. Nem que minha mãe tenha pedido a ele outra vez.

— É melhor tu ir pra casa.

— Se eu for, ela não deixa eu sair mais.

— Então, vamos para a praça brincar. Você não disse que ia estudar de noite?

— Foi meu tio quem arranjou com Padre Colombo. Mas não sei quando vou começar. Ninguém falou mais nada. O que eu queria era fazer como você. Vender jornais, engraxar sapatos, ganhar trinta pratas todo dia.

— Às vezes dá até cinquenta. E quando a gente engraxa sapatos de gringos, pô, dão até vinte cruzeiros. Eles nem liga. São ricos.

Os dois caminhavam tranquilamente para a praça. De vez em quando diziam alguma coisa e caíam na risada; outra vez empurravam-se ou então corriam em torno um do outro, aos berros, e quase se chocaram com um casal que descia de um táxi parado no meio-fio. Resolveram sentar-se no calçadão do cinema, em vez de irem para a praça. Carniça puxou um maço de cigarros e ofereceu ao Tonico.

— Você nunca fuma?

— Não gosto. Fico tonto.

— Mas isso é só no começo. Depois a gente se acostuma.

— Mas não gosto. Minha mãe diz que faz mal à gente.

— Tua mãe fuma?

— Lá em casa só meu tio. Meu pai não gostava de fumar.

— Nem de beber?

— Bramas. Nos domingos eu ia comprar duas ou três antes da hora do almoço!

— Tua mãe bebia também?

— Um copinho ou outro, porque meu pai insistia.

— E tua avó?

— Minha avó, não. Ela diz que... não sei bem como é o jeito que ela diz. Mas quer dizer que o diabo foi quem inventou a bebida e o cigarro.

— Turma quadrada, tua família. Você vai ficar assim. Carniça esboçou um quadrado com as mãos, e os dois caíram na risada. Tonico estava preocupado, imaginando o que ia ouvir de sua mãe, quando chegasse em casa. Na última vez quase apanha de cinturão. Até sua avó foi contra ele. Mas hoje, não sabia por quê, sentia-se mais livre e quase sem medo. Como se já fosse realmente adulto e pudesse chegar em casa na hora que bem entendesse.

— Vamos para a praça. O pessoal tá lá — sugeriu Carniça.

— Você sabe fazer caixa de engraxate? — perguntou Tonico.

— É fácil, cara. Quer que eu faça uma pra você?

— Eu acho que vou vender jornal e engraxar sapatos, também.

— Você lá tem coragem? Tua mãe vai dar uma bronca.

— Você me ensina?

— Tu sai comigo até aprender. E tua mãe?

— A gente ganha mesmo esse dinheirão todo que você falou?

— Achas que tou sacando?

— Você dá dinheiro para sua mãe?

— Dou dez contos... quinze. Depende do dia.

— E o resto que sobra, você gasta tudo?

— O que é que tu achas? Como na rua, não é. Compro cigarro, pago ônibus, trem. Um prato feito custa dez pratas na pensão, e ainda bebo um guaraná.

Tonico deslumbrava-se com a independência do amigo. Sentar numa pensão, tomar guaraná, tudo isso pago com seu próprio dinheiro.

— Não dá pra você comprar roupa, nem um sapato?

— Roupa pra vender jornal? Esta sandália aqui é nova. Me custou vinte e oito paus.

— Você não sai bem-vestido com sua mãe? Não vai pro cinema?

— Minha mãe nunca sai comigo. Trabalha num botequim, na cidade, de noite. De dia ela está dormindo. Mas eu tenho uma calça e uma camisa novas. Tenho dois pares de meia e uma cueca.

— Tudo comprado com seu dinheiro?

— É claro, cara. Quem vai me dar as coisas?

— Minha mãe diz que você vive na rua e não gosta de estudar.

— De estudar eu não gosto mesmo, não.

— Nunca foi numa escola?

— Eu acho que só um ano. Mas depois eu deixei. Fazia muita bagunça e a diretora se queixou pra minha mãe. Escola é a coisa mais chata do mundo. Comecei matando as aulas e depois não fui mais.

— Eu já estou no primeiro ano ginasial.

— Mas não ganha dinheiro. Que adianta?

— Minha mãe diz que mais tarde, quando eu for homem, posso me formar numa coisa qualquer e ganhar muito dinheiro. Ser até uma pessoa importante.

Carniça deu uma risada e chutou um pedaço de qualquer coisa na calçada. Tonico fez o mesmo e correram atrás da bola improvisada até o outro lado da rua. Depois voltaram para onde estavam.

— Qualquer dia desses vou entrar numa escola — disse Carniça.

— Mas você vai ter que tratar os dentes primeiro.

— Você não tem medo de dentista?

— Eu tinha, mas depois me acostumei. Ainda tenho um pouco. Mas ficar com os dentes podres, minha mãe diz que é horrível.

— É por isso que me chamam de Carniça.

— Eu sei.

— Qualquer dia desses vou tomar coragem, juntar dinheiro e mandar o dentista arrancar tudo. Tu vai ver. Minha mãe tem chapa em cima e embaixo. Custou uma nota. Vou fazer a mesma coisa. Mas não agora.

Nesse momento duas mãos baixaram sobre os ombros do Tonico, que levou um susto. Olhou para cima. Era o tio Severino. Estava de cara feia.

— Vai morar na rua?

Não respondeu nada e olhou para o chão. Carniça foi se afastando de olho no tio do amigo. Ele sabia que ninguém da família de Tonico gostava dele.

— Vou pra casa, Carniça.

— Por que você não chama o garoto pelo seu nome? — observou o tio.

— Não me incomodo, não. Todo mundo me chama assim.

— Querem tomar um sorvete?

Severino convidou também Carniça, e o sobrinho riu de felicidade. Na sua família alguém considerava o seu amigo. Aproximaram-se do sorveteiro e cada um fez sua escolha. Num segundo, Carniça estendeu uma nota de dez cruzeiros para o vendedor da carrocinha. O tio Severino mandou que ele guardasse o dinheiro.

— Nada disso. O convite é meu. Eu sei que você é rico — tio Severino riu.

— Que é que tem eu pagar? — Carniça ficou amolado.

— Ele ganha cinquenta por dia, tio — observou Tonico tonto de entusiasmo pela figura do amigo.

— Eu sei, mas hoje quem paga sou eu.

Saíram os três, lado a lado, pela outra calçada, chupando os picolés em silêncio. Carniça disse que ia embora pegar o trem para a Central e ir dormir no depósito.

— Amanhã vou fazer a tua caixa — disse baixinho no ouvido do Tonico. E foi embora aos pulos.

O tio Severino que só entendera pela metade o que o garoto havia dito ao sobrinho, abraçou-o pelo ombro e perguntou:

— Que caixa é essa?

— Uma caixa de engraxate!

— Pra quê?

— Eu quero uma e não sei fazer.

— E para que diabo quer você uma caixa de engraxate?

Não respondeu e continuou andando ao lado do tio, que o olhava com um olho aberto e o outro meio fechado, pensando "o que estará inventando esse menino?".

— Vamos conversar sobre o assunto lá em casa — disse o tio.

7.

DONA CORÁLIA, AO ABRIR A PORTA, levou as mãos ao rosto, exclamando:

— Como está imundo esse menino! Olha a roupa dele, meu Jesus! Olha só os pés dele, Zen.

— Por que não veio para casa? — interrogou sua mãe impaciente. — Por que fez aquilo com o velho Duda? Um homem tão bom... querendo ajudar.

— Bom, é? Vá trabalhar com ele e a mulher dele. — Tonico ficou zangado.

— Nem jantou! — gritou Dona Corália. — Vá tomar banho. Vou botar sua comida.

Tonico foi para a sala e ficou na janela, olhando a rua.

— Nem vou jantar, nem vou tomar banho.

— Pois eu quero ver se você não vai — respondeu a mãe furiosa, correndo em direção dele. Num segundo Tonico pulou a janela e ficou no outro lado da rua, encostado na árvore. E de lá gritou:

— Vou embora dessa casa. Vocês vão ver.

— São as companhias que ele tem — disse Dona Corália se aproximando da janela e falando para o neto.

— Deixa de ser teimoso, menino. Vem tomar seu banho.

Não respondeu. Permanecia de lá, os braços cruzados, numa atitude de quem estava condenando toda a família à sentença final. Dona Zenaide, que desde a morte do marido não andava muito tranquila, nessa noite, então, estava fora de si. Primeiro por ter o filho agido mal com um homem tão bom como Seu Duda e perdido o emprego. Depois, ainda ficar até aquelas horas na rua, imundo, como um joão-ninguém. E ainda vinha esbanjar malcriação. Menino desaforado.

— Vou mandar seu tio lhe pegar — Zen deu o ultimato e virou-se para o irmão, até aquele momento, só ouvindo.

— Não me meta nisso! — Ele se levantou e abriu os braços. — Tonico pode ter errado, mas vocês estão mais erradas do que ele.

— Vai buscá-lo, Bio — pediu Dona Corália. Ele gosta de você. Esse menino não jantou ainda, e veja como está imundo.

Da janela Dona Zen gritava para que "entrasse porque senão ele ia ver uma coisa". Tonico limitava-se a responder que ia fugir de casa, que não voltaria nunca mais. Até morrer.

— Pois eu quero ver, menino mal-educado — continuava cada vez mais nervosa.

— Como é que pode, Bio? — dizia voltando-se para o irmão. — Esse menino nunca fez isso.

— É que você não descobriu que a vida mudou para ele.

— Para mim, também.

— Você é adulta.

Nessas alturas, Dona Corália, que não tirava os olhos do neto e fazia toda sorte de gestos para que ele voltasse, disse para o filho:

— Vai lá, Bio. Ele vem com você.

Severino bateu com os braços nas pernas e jogou o cigarro fora.

— Não sei se ele vai voltar agora. Eu não vou correr atrás de ninguém. Só se ele vier direitinho.

— Vai buscar, não, Bio — gritava Dona Zen, e Dona Corália perdeu a paciência com a filha.

— Cala essa boca, Zenaide.

Bio levantou as mãos abertas.

— Calma, mamãe, calma. Eu vou buscar ele.

Quando Severino chegou à porta, Tonico começou afastando-se da árvore, devagarinho, pronto para uma corrida calçada afora.

— Vem cá, Tonico — disse Severino paciente. — Vamos conversar.

— Eu vou fugir de casa — continuava intransigente.

— Então, fuja! — respondeu a mãe, da janela.

Severino começou atravessando a rua, e Tonico não se mexeu.

— Não vou ficar mais nessa casa, tio. — Agora estava chorando e Severino trazia-o docilmente, abraçando-o pelo pescoço.

Dona Corália recebeu o neto cheia de beijos e abraços.

— Vá tomar seu banhinho que eu vou botar sua comida.

— Mas primeiro ele vai dar um beijo na mãe dele e pedir desculpas — observou Severino.

— Não vou — emperrou Tonico. — Amanhã vou me mandar.

Dona Zen caiu no choro e dizendo "você quer ir embora, não é seu sem-vergonha", entrou no quarto do Tonico e veio de lá trazendo roupas, sapatos, meias e os livros do menino.

— Então vá! — gritou jogando tudo no chão da cozinha, e correu para seu quarto em prantos.

— Meu Jesus! — exclamou Dona Corália. — Que drama esta mulher está fazendo.

— Está nervosa, mamãe. Aconteceu tanta coisa em poucos dias!

E lá foi Bio correndo para o quarto da irmã e dizia para si mesmo "uma casa sem homem é uma porcaria".

Tonico tomou banho, mudou de roupa e só comeu um pouquinho.

Sua avó levou-o para a cama e deu-lhe conselho sobre o que um menino da idade dele, já rapazinho, e agora sem o pai, deveria fazer sobre trabalho e estudos. Por fim deixou-o sozinho.

— Vou ver sua mãe. Tenha paciência com ela. Está preocupada com seu futuro e por isso fica tão nervosa.

Tonico cobriu-se até o peito e ficou olhando para cima, no escuro. Ouvia as vozes dos parentes misturadas, e a mais alta era a do tio que dizia a todo momento "é um menino bom" "é um menino bom". Mas o que Tonico tinha na cabeça era a liberdade inteira do amigo Carniça, ganhando cinquenta por dia, comendo sozinho na pensão e bebendo guaraná. E já se via com a caixa de engraxate no ombro, fazendo os sapatos brilharem, soltinho dentro dos trens, ninguém nas suas costas dizendo faça isso, faça aquilo. E no fim do dia, contando o dinheiro e entregando trinta pratas à sua mãe para fazer compras. Dormiu devagar, mas ainda viu a sombra do tio na porta do seu quarto, acenando-lhe com a mão e dizendo alguma coisa que ele não conseguiu mais ouvir.

8.

PASSAVA UM POUCO DE CINCO HORAS quando se levantou. Ainda estava escuro e ele, pé ante pé, da porta do seu quarto, olhou para a cozinha. Queria ver se a sua avó, que tinha o costume de levantar-se cedo, já estava acordada. Suspirou aliviado. Ainda estava dormindo. Agora precisava andar depressa ou o plano iria por terra. E foi correndo ao banheiro para lavar o rosto e escovar os dentes. Guardou a escova no bolso traseiro da calça. Depois, olhando aqui e ali, com muito cuidado, trouxe da cozinha um saco de supermercado, e de qualquer maneira meteu lá dentro tudo aquilo que sua mãe havia juntado na noite anterior: calças, camisas, sapatos, etc., menos os livros e cadernos "isso fica para depois", ele pensou. Foi à despensa, tirou algumas frutas, um pedaço de pão, e jogou tudo dentro da sacola. O coração batia. Era o medo de um bocado de coisa que ele não podia imaginar o que fosse. Mas havia a liberdade do amigo Carniça dentro dele, aliviando-o um pouco do pavor que estava sentindo. Quando encostou a porta dos fundos e partiu, o dia já estava claro, muita gente na rua, uns apressados, a caminho da estação, outros esperando pacientes nas filas dos ônibus. Os botequins estavam cheios de gente tomando café- -pão-com-manteiga em pé. Sentiu fome, mas não tinha um tostão no bolso. Não se lembrava de alguma vez ter acordado tão cedo e ficado no meio desse povo maluco correndo para a condução. Ainda mais sozinho como agora, o pensamento na mãe e na avó, quando acordassem. "Vão ficar apavoradas. Eu devia ter deixado um bilhete para elas. Vou pedir a um amigo meu para avisar." Quando chegou à praça da estação sentou-se num daqueles banquinhos onde havia sempre brincado, mas que hoje lhe parecia tão diferente. Desceu o saco de compras, cruzou os braços e ficou vendo, sem prestar muita atenção, a estação lotada e colorida e os trens saindo, gente dependurada nas portas e nas janelas. Lembrou-se de que sua avó, por estas horas, já havia se levantado e, com toda a certeza, acordado sua mãe. Era como se ele visse as duas correndo em direção à praça ou ao campo de futebol.

Pensando assim foi se levantando. "Vou para algum lugar onde elas não vão me achar." Subiu as escadas da estação e foi para o outro lado da rua, apressado, como se as duas já o estivessem alcançando. Já longe, num local quase desconhecido até para ele, sentou-se debaixo de uma mangueira, abriu o saco, tirou o pão, duas bananas e começou a comer tranquilamente, olhando cheio de saudades as crianças indo para a escola. Sabia que só de tarde, na hora do futebol, é que Carniça ia trazer sua caixa de engraxate. A espera ia ser longa. Mas não voltaria mais para casa, "e hoje de noite vou pra cidade". "Será que ele vai fazer minha caixa? É claro que vai. E por que você mesmo não faz? Ora, eu não sei fazer. E como é que Carniça sabe?" Eram perguntas que não saberia responder assim tão de repente. Depois reconfortava-se. "Foi ele quem se ofereceu. Eu não pedi." Restava-lhe agora ficar pela rua até duas, três da tarde quando o amigo surgiria, correndo da estação. Era assim que ele fazia sempre. Depois se metia no meio do campo, os times já completos e pedia uma vaga. "Hoje não vai dar para engraxar nada." Neste momento estava considerando a hora que o amigo, se viesse com sua caixa, se realmente a tivesse feito, iria chegar. "Acho melhor começar amanhã. Quando já tiver a caixa." Por intuição Tonico já sabia que tudo agora havia ficado mais difícil. Como explicar em casa a sua roupa, seus troços todos, dentro do saco? E por que saíra tão cedo? "Todo mundo vai manjar a minha." Mudou a posição das pernas. Já estava cansado de ficar ali, sem fazer nada. "Agora é que são oito e meia da manhã." Lembrou-se da hora do almoço. "Não aguento ficar com fome." Baixou a cabeça no meio dos joelhos e ficou assim. "Já vi que o jeito é começar amanhã." Deu um pulo como se tivesse ganho uma ideia brilhante, e começou a caminhada de volta. Vinte minutos depois estava em casa. Quando entrou na cozinha o coração batia. Tudo no maior silêncio. "Estão me procurando." Muito rápido, foi direto para o seu quarto e jogou o saco debaixo da cama. Correu toda a casa chamando pela mãe e pela avó. Ninguém. Melhor do que ele pensava. Deu uma olhada cuidadosa pela janela, para os dois lados da rua. Queria ter certeza de que elas não vinham. Voltou para seu quarto, arrumou nervoso suas coisas na gaveta da pequena cômoda, e resolveu escrever um bilhete. Pegou num caderno de escola para arrancar uma folha, mas lembrou-se de que a professora sempre lhe dizia que nunca se deve tirar folhas do caderno. De lápis na mão escreveu num pedaço de papel de embrulho:

"Mãe. Mais tarde eu volto.
Tonico".

Não se arriscou a sair pela porta dos fundos. Elas podiam estar chegando. Foi até a janela, deu duas longas espiadas e escapuliu, correndo em sentido contrário à estação e ao campo de futebol, onde com toda certeza "foram me procurar". Agora podia sentir-se mais livre e feliz. Pelo menos deixara um bilhete, dizendo que ia voltar. Imaginava o escândalo, mais tarde, da mãe, da avó e do tio Severino. "Será que estou certo?" E surgiu a imagem do Carniça, sua caixa de engraxate, aquela liberdade inteira, dentro dos trens, pra cima e pra baixo, almoçando sozinho na pensão e tomando guaraná. "Isso é que é vida. Vou fazer quatorze anos, meu pai morreu e sou o homem da casa. Foi minha avó quem disse." O que lhe dava tristeza era ver um garoto com a roupa da escola, a pasta debaixo do braço. "A vida continua" dizia para si mesmo, retemperando-se ao lembrar-se das palavras do tio Severino para sua mãe. "É isso mesmo, a vida continua." Deu uma grande volta, para não ter que passar perto da sua casa, e bateu pernas pela cidade inteira. Seguiu para o campo de futebol. Vazio, vazio. Uma solidão infinita de terra batida e capim. As balizas se olhavam de longe. "Ainda é muito cedo. Eu acho que nem deu meio-dia." E começou a sentir a tortura de esperar alguma coisa que devia acontecer, alguma coisa boa que ele não sabia o que era. Ainda mais que estava morrendo de fome. Sentou-se ao pé de uma das balizas, os braços cercando as pernas, o queixo dormindo no meio dos joelhos. A fome doendo. "Se eu for para casa agora, minha mãe não me deixa sair mais." E naquela mansidão do campo, o sol morno, o vento fresco cobrindo-o, lembrou-se do enterro do pai.

Levantou a cabeça, olhos atentos, como se estivesse vendo Carniça chegar com a sua caixa de engraxate. O campo de futebol servia de caminho para quem vinha da estação, em sentido às ruas do fundo. Tonico via o povo passar, e alguns amigos da escola acenavam para ele de longe. "Não é assim que a gente faz um plano", pensou, resolvido a voltar para casa. Uma hora da tarde e o sol agora lhe queimava. A fome crescia dentro da alma. Começou o retorno, bem devagar, como se não quisesse chegar nunca. Mesmo a fome empurrando-o.

9.

DONA CORÁLIA FOI QUEM O VIU DA JANELA. E com a mesma rapidez com que apareceu, sua cabeça sumiu da janela. Em segundos estava abraçada com o neto.

— Para onde você foi, meu filho?

A mãe de Tonico veio de lá e abraçou o menino.

— Quer nos matar, Tonico?

Pareciam assustadas mas estavam calmas. Sem dizer uma palavra entrou em casa abraçado por elas. Sentou-se calado, e tinha um ar de pessoa injustiçada. Sua mãe alisava-lhe os cabelos enquanto a avó lhe dizia:

— Vou botar sua comida.

Mas Tonico continuava amuado e, afastando o braço da mãe, levantou-se, seguindo para o seu quarto. Dona Zen foi atrás e sentou-se na cama do filho.

— Você ia fugir?

Tonico remexia em qualquer coisa, o cheiro da comida lhe entrando pelas narinas, a boca cheinha de água. Mas ele continuava amuado. Não dizia nada. Na verdade sentia-se desmoralizado. "Eu não sou corajoso." Sua avó o chamou para a mesa. De cara feia devorou o prato, comeu três bananas e bebeu um copo d'água. Sua mãe olhava-o de longe, e a avó se admirava da "fome desse menino". Agora, barriga cheia, Tonico voltava a pensar no campo de futebol, na pelada, na liberdade do Carniça, na caixa de engraxate que o amigo prometera fazer.

— O que foi que houve, Tonico? — a mãe perguntava.

— Deixa isso, Zen — interrompeu a avó. — Ele ficou zangado ontem de noite. Não foi isso, Tonico?

— A senhora disse que eu podia ir embora — olhou para a mãe —, vou ganhar dinheiro e me mandar.

— Você sabe que ando nervosa.

— Sua mãe anda mesmo nervosa, Tonico.

— Faz tão poucos dias que seu pai morreu e não tive tempo de me acostumar. Você antes era tão bonzinho.

— Ele ainda é bonzinho, Zen.

— Eu não quero dizer que ele seja ruim, ou que tenha ficado ruim agora, mas é que antes ele nunca fez isso.

— Você antes também nunca me botou pra fora de casa e nem me obrigou a trabalhar com aquele Seu Duda chato, e a mulher dele.

Tonico sentia-se armado com a mudança que a vida lhe havia imposto. Mas, na verdade, estava mesmo era atrás de um pretexto que justificasse a sua decisão de fugir.

Por sua vez, Dona Zenaide só via no filho a criança injustiçada pelos acontecimentos da vida. Ela não tinha condições de perceber que por dentro das orelhas do filho florescia um plano de liberdade ao modelo do amigo Carniça, que ela tanto detestava. Faltava-lhe experiência em lidar com problemas maiores. Jamais sentira necessidade de se aprofundar no conhecimento do caráter do menino, e não imaginava até que ponto ele era sentimental e independente. A avó, pior ainda: para ela Tonico não podia ser outra coisa além de um meninozinho obediente, que precisava alimentar-se e andar bem-vestido. Já Severino queria que o menino, assim, de uma hora para outra, se transformasse num chefe de casa, num pai de família. Mas Tonico já havia escolhido a sua parte naquela confusão toda. E estava decidido a não fraquejar. O estômago é que o atrapalhara dessa vez. De modo que se levantou e fazendo-se mais zangado ainda, porque estava de barriga cheia, foi para o seu quarto. Dona Zen fez menção de levantar-se, mas Dona Corália não deixou.

— Vá escovar os dentes — disse para o neto. — Você acabou de comer.

Não deu ouvidos à avó e caiu na cama, do jeito como estava. Havia se levantado muito cedo e, por isso, dormiu logo.

Acordou de repente, deu uma olhada no tempo e num pulo estava na janela. Pela criançada que saía da escola, imaginou as horas. Ficou estabanado. Reclamou aos gritos, da mãe e da avó "me deixaram dormir até agora". E num zás pulou na calçada, correndo em direção ao campo de futebol. As duas mulheres ficaram na janela chamando por ele.

— Vem cá, Tonico.

10.

A MENINADA ESTAVA JOGANDO, outros sentados à margem do campo esperando a vez de entrar. Procurou Carniça no meio deles. "Uma hora dessas e ainda não apareceu?" — E passou a perguntar a uns e outros. E todos responderam a mesma coisa: "Carniça hoje não veio". Desiludido sentou-se ao lado dos outros e começou a tirar os sapatos para entrar no jogo. Aí começou a chover. E chover forte. A turma debandou, exceto alguns que no meio de gritos e brincadeiras continuaram a pelada. Com os sapatos na mão correu o campo inteiro, atravessou a rua e ficou debaixo de uma marquise, enquanto o tempo acabava de desabar. Uma ideia que teve deixou-o bastante confortado. "Carniça não veio porque está fazendo minha caixa de engraxate." E por causa disso só podia dar início a seus planos depois de amanhã, porque ainda precisava arranjar dinheiro para comprar graxas, escovas, pedaços de lã, feltro, álcool, etc. E dinheiro para comer na rua, pois o primeiro dia é sempre difícil. "Como fui bobo, querendo começar tudo hoje." O mundo escureceu e a chuva batia forte. O céu riscava-se de raios, os trovões estouravam longe, e ele no meio do povo, sua nova vida aos seus pés, tiritando de frio, pois havia se molhado. De longe viu sua mãe atravessando a praça debaixo de um enorme guarda-chuva preto e trazendo na outra mão algo como se fosse uma camisa. Dona Zenaide estava agora parada e olhava para todos os lados. Tonico saiu correndo em direção dela e aninhou-se debaixo do guarda-chuva.

— Menino teimoso — disse ela — maluco — e ia vestindo uma camisa grossa no filho, depois de ter-lhe arrancado a outra molhada — quer pegar uma pneumonia.

E saíram os dois, retornando abraçados, a chuva e o vento fortes varrendo as calçadas. No outro dia Carniça também não apareceu. "Só pode estar doente" ele pensou olhando da janela, "mas garanto como a minha caixa está pronta. Amanhã ele vai trazer e aí posso fazer o meu plano". Era o quinto dia da morte do seu pai e um dia muito tranquilo para todos. O menino não saíra de casa, entretido com seus pensamentos e porque sua mãe havia exigido que ele "passasse uma vista nos livros" para não esquecer o que havia aprendido na escola. Dona Zenaide não estava em casa. Havia saído para ver as duas filhas que, desde a morte do marido, estavam sendo cuidadas pela mulher do irmão. Quando ela chegou trouxe novidades:

— As meninas estão ótimas — disse.

— A Marly é muito boa — observou Dona Corália. — Meu filho foi muito feliz no seu casamento. Que Deus os conserve assim.

— Bio arranjou um novo emprego para Tonico — continuou Dona Zenaide.

O menino veio correndo e sentou-se na frente das mulheres. Dona Corália virou-se para ele.

— Viu como seu tio é bacana. Já te arranjou outro emprego.

— Onde é? — perguntou com uma cara de quem não estava satisfeito.

— Na farmácia do Seu Fonseca — respondeu Dona Zen. — Eu não sei onde é e nem conheço ele, mas Bio disse que é um homem ainda moço e muito bom. E outra coisa: hoje você vai começar suas aulas no colégio do Padre Colombo. O Bio vem lhe buscar às sete horas.

Ficou de cabeça baixa, um lado do rosto apoiado numa das mãos, e embaixo, seus pés tentavam desvirar um chinelo.

— Você ouviu, Tonico?

Continuava quieto, como se estivesse invisível na cozinha. As mulheres se entreolharam.

— Você não quer estudar? Nem trabalhar? — perguntou Dona Zenaide, obrigando o filho a levantar a cabeça e olhar para ela.

— Onde é a farmácia desse Seu Fonseca? — perguntou sem nenhum interesse no novo emprego.

— O Bio me disse que era do outro lado da estação. Ele quer um menino assim como você para limpeza.

Tonico interrompeu com o corpo e tudo.

— Não vou limpar privada.

— Não é para limpar privada. Foi uma coisa que Bio falou logo a ele. E o Seu Fonseca disse: "Quero um menino esperto que tenha vontade de aprender a despachar no balcão e levar uma ou outra encomenda. Se ele for bom, ensino até dar injeção".

— Vê? — disse a avó. — Vai te ensinar a aplicar injeção. É uma coisa de muita responsabilidade. Quem sabe você ainda não vai ser um médico e cuidar da sua mãe, da sua avó...

— Eu não quero ser médico — falava com o nariz franzido como se todas aquelas novidades o desgostassem. E na verdade só podiam desgostá-lo porque não lhe diziam respeito. O que tinha em mente era viver a liberdade de Carniça. E isso ninguém na sua casa podia entender.

Jantou, vestiu-se e arrumou os cadernos e os livros na pasta. Severino não tardou a chegar.

— Como é? — disse o tio alegre. — Vamos indo?

Levantou-se sisudo, e Severino olhou para a irmã, como quem diz: "O que há com ele?". Dona Zenaide levantou os ombros e mostrou um sorriso meio desanimado.

— Botou o lápis na pasta, Tonico? — perguntou a avó. Ele balançou a cabeça e foi saindo pela porta dos fundos, o tio segurando-o levemente pelo pescoço.

— Está zangado porque vai estudar? — perguntou o tio.

O menino continuou andando sem responder. Tinha o pensamento longe de tudo aquilo: escola, farmácia, família... só pensava mesmo em fazer o que achava estar certo.

O tio olhava-o por cima.

— Responda.

Remexeu com os ombros, mudou a pasta de mão e coçou o pescoço.

— Eu não queria trabalhar na farmácia — falou enfim.

— E o que tem de mais uma farmácia?

Não respondeu. Na verdade tinha medo de contar os seus planos.

11.

A ESCOLA FICAVA ENTRE UMA ESTAÇÃO E OUTRA, e até chegar era um bom pedaço a pé. O tio caminhava ao seu lado, também com seus pensamentos. Finalmente atravessaram o portão da frente, e Severino foi com o sobrinho direto à secretaria.

— O Padre Colombo está?

A moça espichou o braço pra direita.

— Naquela porta ali.

— Dá licença.

E os dois penetraram numa sala pequena cheia de estantes, duas ou três mesas apinhadas de papel, um mimeógrafo, uma máquina de escrever. Na mesa mais ao fundo um padre quase gordo e moreno, sorria no meio dos óculos e estendia a mão.

— Então, como vai, Severino?

— A vida vai indo, padre. Este é o meu sobrinho Tonico.

Conversaram uns dez minutos sobre a igreja, escola, família e custo de vida. O menino quase não levantou a cabeça, tampouco abriu o sorriso uma vez que fosse.

— Vê-se logo que ele não está muito contente — disse o padre curvando-se sobre a mesa, rindo e tentando pegar-lhe numa orelha. O menino deu com a cabeça de lado sem levantar os olhos, e ainda afastou a cadeira.

— Que é isso, Tonico. — Severino resmungou e pareceu aborrecer-se com o gesto pouco amistoso do sobrinho. Mas o padre recolheu-se como quem entendia bem do assunto e continuou rindo e conversando.

— Ele nunca estudou de noite.

— Deve ser por isso. Está assustado.

— Não estou assustado — Tonico respondeu ainda de cabeça baixa e remexendo com os pés. — Não quero é trabalhar na farmácia.

O padre então cruzou os braços, franziu os cenhos e fez um jeito na boca como quem diz "ah, é isso".

— Que emprego é esse, na farmácia? — quis saber.

Tonico não respondeu e continuava irritante, remexendo os pés. Severino pediu licença, acendeu um cigarro e largou uma fumaçada para cima. O menino continuava arrastando os pés e parecia abandonado sobre si mesmo. Severino levou a mão sobre um joelho dele.

— Pare com essas pernas e responda direito aos mais velhos. Você não é nenhuma criancinha.

O padre levantou as duas mãos mostrando os dez dedos gordos e continuou rindo.

— Deixe ele. É um menino bonito e tem um ar inteligente. Vai ser um bom estudante.

Ainda de cabeça baixa Tonico limitou-se a levantar um ombro como quem, na verdade, não estava nem gostando da conversa e nem querendo responder a coisa nenhuma. E ficaram por um minuto os três em silêncio.

— Bom — o padre apertou suas próprias mãos e empertigou-se. — Ele quer começar hoje?

Severino ia dizer alguma coisa mas o padre, com um trejeito qualquer, interrompeu-o. Por sua vez Tonico levantou outra vez o ombro, como quem diz "por mim tanto faz: ou hoje, ou amanhã ou no mês que vem". O padre continuou rindo e olhou para Severino.

— Então, vamos para a aula — levantou-se. — Severino também. Mas Tonico ficou como estava. Como se não tivesse ouvido.

— Vou lhe mostrar a sala, e apresentar-lhe ao professor.

Resolveu levantar-se e foi logo caminhando para a porta. O professor era ainda jovem, talvez nem trinta anos, barbudo, como a maioria dos professores jovens de hoje, e vestia um guarda-pó branco. Tinha um apagador na mão, e com a outra mexia nos cabelos do novo aluno que não dizia nada. As apresentações foram feitas. A sala muito ampla estava repleta de alunos de todas as idades. Tonico não tivera a curiosidade de dar, ao menos, uma olhada.

— Vai ficar direitinho? — o tio perguntou-lhe tocando de leve no ombro.

De cabeça baixa teimava em não responder. O padre e o professor olhavam curiosos e rindo.

— Eu vou voltar sozinho, por aí? — perguntou de repente, ainda olhando o chão.

— Levante a cabeça, menino — o tio se irritava.

Não levantou a cabeça e ainda deu com os ombros. O professor afastou-se após dizer para Severino que "as crianças são assim mesmo". O Padre Colombo apenas ria.

— Quer sentar-se aqui na frente ou lá atrás?

A turma estava no maior silêncio, observando a grande novidade da noite. Tonico não respondeu e alguém do meio da sala gritou "senta aqui". Sem tirar o rosto do chão foi sentar-se na última fila, longe de todos. Houve um pequeno silêncio no mundo inteiro, até que o padre bateu com as mãos.

— Tudo resolvido, Severino.

No fundo da sala Tonico só fazia olhar para as janelas. Severino disse para o professor:

— Veja alguns colegas que moram lá perto para fazer companhia a ele.

— Pode deixar.

— Não precisa — respondeu Tonico de lá — eu sei ir sozinho.

A turma inteira riu. Severino deu mais uma olhada para o sobrinho, com um ar paterno, como quem diz "fica quietinho", e saiu da sala. O professor voltou ao seu estrado, olhou muito sério para todos e disse:

— Vamos lá, pessoal. Onde é que eu estava?

O resto da aula Tonico limitou-se a continuar olhando o teto e as janelas da sala. Em nenhum minuto prestou atenção ou procurou ouvir o que era ensinado. Não abriu o caderno, e o lápis continuou guardado na pasta. Quando tocou o sinal e a turma levantou-se em algazarra, foi o primeiro a sair. Correu até em casa. A mãe e a avó estavam sentadas à mesa da cozinha quando entrou esbaforido, molhado de suor.

— Que houve, Tonico?

Ele correu para o seu quarto e caiu na cama, a pasta jogada no chão. As mulheres foram atrás dele, mas apenas ficaram na porta, balançando a cabeça "que problema, meu Deus". Dona Zen sentou-se ao lado do filho, mas ele nem se mexeu. Dona Corália afastou-se como um passarinho no espaço.

— Gostou da escola, Tonico? — ela perguntou, dessa vez tranquila.

— Não volto mais lá — respondeu com o rosto escondido no travesseiro — lá só tem gente velha.

— Nas escolas noturnas as pessoas são um pouco mais velhas, meu filho. Eu não vejo nada de mais nisso.

— Mas eu não vou mais pr'aquela escola — continuava falando com a cara metida no travesseiro.

Dona Zen passou a alisar as costas do filho, e ficou admirada de ver como ele estava suado. Mas não retornou ao assunto. Apenas observou suave:

— Mude essa roupa e tome um copo de leite.

— Não quero. Vou dormir assim mesmo. E amanhã vou embora daqui.

— Você quer me fazer sofrer, não é Tonico?

— Não.

— E por que diz essas coisas?

— Não quero trabalhar na farmácia nem ir mais pra essa escola.

Continuava de cara enfiada no travesseiro, e Dona Zen falava calma, como aliás sempre fora o seu jeito, até a doença e morte do marido.

— A vida ficou muito difícil pra gente. Ando sem dinheiro, suas irmãs estão na casa da tia Marly e você não quer me ajudar.

— Quero sim. Posso ganhar trinta pratas por dia e ainda brincar. Posso até estudar na minha escola.

— Como, Tonico? Quem lhe botou isso na cabeça?

— Carniça vende jornais de manhã, engraxa sapatos, almoça na pensão sozinho e ganha trinta pratas todo dia.

Virou-se e olhava para a mãe que havia chegado mais um pouco para ele.

— Esse Carniça é um moleque de rua. Você não pode ser igual a ele. Eu sabia que essa ideia só podia ser dele.

— Não foi ele não. Eu é quem pedi para ele fazer uma caixa de engraxate para mim.

Dona Zen não pôde deixar de rir e passou a enxugar o rosto do filho com uma ponta do lençol.

— Ora, Tonico, faça as coisas como seu tio diz. Mesmo sem poder ele está nos ajudando. Ainda hoje me deu dinheiro para as despesas. E seu tio não é um homem rico. Tem família e ainda está cuidando de suas irmãs.

Ficou calado por algum tempo. Depois sentou-se na cama e começou tirando os sapatos.

— Mas não vou trabalhar na farmácia. Nem vou para aquela escola.

— Deixa de ser teimoso, menino. Não complica as coisas que já estão ruins.

Tonico tirou a camisa, as calças e ficou só vestido com uma cuequinha branca, que parecia mais um pequeno traço na sua pele morena.

— Por que não toma um banho, muda a roupa de dormir e faz um lanche?

Tirou da gaveta um calção azul para vestir.

— Estou pau da vida com aquela escola — disse — um professor chato e uma turma que só faz bagunça. Só a senhora vendo o que eles fazem.

— Toda escola é assim, meu filho. Tem alunos bons e outros baguenceiros.

— Mas lá todo mundo é bagunceiro.

Estava de má vontade com a nova escola e Dona Zenaide compreendia, até certo ponto, a sua revolta. As coisas haviam mudado depressa demais para ele. De repente perde o pai, no outro dia um emprego a que ele não estava acostumado, e em seguida uma escola noturna, quando seus amigos continuavam com a vida intacta. Dona Zen entendia isso. Mas o que fazer? A vida havia mudado mesmo, não só para ele como para todos da família. E o pior é que o filho se deixara envolver pelas ideias de um moleque de rua. Ela sabia que Tonico era inexperiente demais para sair vendendo jornais e engraxando sapatos por aí. Não podia permitir isso. Tinha que lhe provar que ele não estava acostumado com esse tipo de vida. Mas como? Tonico era teimoso e não parecia disposto a ouvir ninguém. Dona Corália aproximou-se da porta e perguntou:

Esse menino vai dormir sem comer nada?

Dona Zen balançou a cabeça como quem diz "ele não quer nada, mamãe".

— Não quer fazer um lanche, Tonico?

— Não quero nada.

— Então, vá dormir com fome.

— Por que trata sua avó desse jeito?

Deitou-se, cobrindo-se até a cabeça.

— Amanhã cedo vou levá-lo para apresentar você ao Seu Fonseca.

Não disse nada e era como se já estivesse no penúltimo sono. Dona Zen aguardou na esperança de que o filho lhe respondesse, mas como ele continuasse fingindo que dormia, retirou-se. Era melhor não mexer muito no assunto. Amanhã de manhã tentaria conversar com ele. Convencê-lo a ser mais amável.

12.

NO OUTRO DIA, PARA SEU ESPANTO, Tonico levantou-se logo da cama, vestiu-se e sentou-se à mesa para o café. Sua avó mexia-se pelos quatro cantos da cozinha, e sua mãe aprontava-se, ele bem sabia pra quê. Mas não dizia uma palavra. As mulheres pouco falavam, como se estivessem com medo da realidade, como se de uma hora para outra ele pudesse explodir, e recusar-se a ir trabalhar na farmácia. "E o que nós podemos fazer, meu Deus? Se ao menos o Bio estivesse aqui para ajudar." Mas o menino continuava quieto. Aprontara-se como se disposto a ir com sua mãe até o fim do mundo. Finalmente, depois de quinze minutos de caminhada, estavam diante do dono da farmácia. Ainda não eram oito horas da manhã, o estabelecimento estava aberto, e um funcionário lá dentro dos balcões passava espanador em tudo. "Aquele trabalho é que deve ser o meu" pensou enquanto apertava a mão do Seu Fonseca e sua mãe, toda sorrindo, dizia para o farmacêutico:

— O primeiro dia... achei melhor trazer ele.

Conversaram um pouco, mas o suficiente para o homem dizer o que ele devia fazer: varrer a loja de manhã e de tarde, espanar sempre que houvesse poeira, fazer entregas e tomar conta da frente. Tonico pedia a Deus que tivesse uma entrega para fazer lá pras duas da tarde, hora que Carniça costumava aparecer no campo. E por um momento teve certeza de que o amigo viria hoje e traria sua caixa de engraxate. "Amanhã pego um trem bem cedo e vou pra cidade engraxar. Mas primeiro quero que ele me leve para eu vender jornal na rua." Ficou na farmácia, sem muita alegria, enquanto sua mãe desaparecia no fim da calçada. Fez logo camaradagem com o outro funcionário, que lhe mostrou onde estavam a vassoura e o espanador. Tonico deu uma olhada na privada e viu que estava muito limpa.

— Quem limpa a privada?

— Todos nós — o nome do rapaz era Célio — até Seu Fonseca limpa, também.

Balançou a cabeça como quem diz "ah, se é assim, eu também posso limpar", e fez outra pergunta:

— A descarga está com defeito?

— Não. Nunca quebrou desde que estou aqui.

Balançou a cabeça outra vez "eu quero ver é quando ela quebrar". Seu Fonseca era muito mais moço do que Seu Duda, não tinha mulher trabalhando na farmácia "para encher", e parecia ser um homem muito alegre. De vez em quando brincava com ele e com o outro empregado. Até meio-dia nada aconteceu, exceto um espanadorzinho aqui, outro acolá ou um papel no chão que tirava até com a mão. O resto do tempo ele ficava olhando a rua lá fora, o povo nas calçadas, os carros passando, o trem, a praça, as escadas da estação, e os colegas vindo da escola pública, como ele fazia ainda na semana passada. E a fome que o devorava. Porém reconfortava-se pela presença de Carniça lhe entregando a caixa de engraxate, e ele, no outro dia, tomando um trem sozinho, sem ninguém de casa saber. Iam ver como ele sabia andar por esse mundo todo, como Carniça. Depois do almoço, de volta para a farmácia, ainda não havia decidido como fazer para escapulir. "Acho melhor nem ir trabalhar agora. Amanhã digo que fiquei doente. E se o Seu Fonseca for na minha casa saber? Minha mãe vai descobrir que não fui trabalhar." Tonico caminhava devagar, indeciso. Iria ou não trabalhar. "Ou, então, posso fazer uma coisa ainda melhor. Quando for duas horas vou dizer que estou doente e Seu Fonseca me manda pra casa. Aí vou me encontrar com o Carniça no campo." Pensava tudo isso no caminho de casa para a farmácia. E sentiu-se alegre com aquela ideia, que achou a melhor entre todas. Apressou o passo em direção do emprego. Pôs logo o plano em ação. Ainda bem não havia chegado queixou-se ao outro empregado que estava com dor de dente.

— Deixa eu ver. Tem buraco?

Com os dentes excelentes que tinha, pressentiu o perigo e foi se afastando, com a mão no queixo.

— Isso passa logo — pegou o espanador, dependurado no canto de um dos balcões.

— Se tiver buraco ponho um remédio que passa num instante. Depois você vai no dentista, aqui em cima, amigo do Seu Fonseca.

Tonico já nem estava ouvindo e passava o espanador na vitrina da frente, dizendo para si mesmo que "esse plano não vai dar".

Seu Fonseca quis saber do que se tratava.

— Tonico está com dor de dente — disse Célio.

— Deixa eu ver seu dente — Seu Fonseca aproximou-se do menino.

— Já está passando — respondeu ele com ar indiferente, e foi para a outra ponta da loja, passando o espanador em tudo quanto era lugar.

Ninguém mais se incomodou com os seus dentes. Agora, lá do seu canto, ruminava outra ideia melhor. Duas e quinze, ele impaciente, sem coragem de apresentar nova mentira que o tirasse dali. Olhou da porta, em direção do campo, como se estivesse vendo a turma atrás da bola, Carniça no meio deles, sua caixa de engraxate novinha em folha, esperando-o. E não aparecia nenhuma entrega para fazer. Aproximou-se do patrão.

— O senhor não quer que eu vá fazer alguma entrega?

E ficou sabendo que hoje não havia nada para entregar, que o movimento estava fraco e outras coisas. Encostou-se perto da registradora, e era o retrato do desânimo. Seu Fonseca foi lá dentro com uma freguesa para aplicar uma injeção. O outro vendia uma pasta de dente e um sabonete. Ele só pensava em fugir, o tempo escoando diante dos seus olhos, sem ver nenhum jeito. Ficava de um lado para outro da loja numa impaciência que só vendo. Por fim aproximou-se do Célio que acabara de atender o freguês.

— Será que vai haver alguma entrega hoje?

— Só quando alguém pede por telefone. Assim mesmo quando é perto. Muito distante Seu Fonseca não manda levar. Não compensa.

Descobriu que havia um telefone na farmácia e o procurou com os olhos. Célio apontou.

— Ali, olhe. Às vezes passa dias sem ninguém pedir nada.

Desilusão total. Célio riu. Seu Fonseca aproximou-se e Tonico foi mais que depressa para a frente da loja como quem diz "não tem jeito não". Aí, como por um milagre, o telefone tocou. Endureceu e ficou de olho. O patrão atendeu. Célio, de lá, levantou o dedo grande para cima. Era como se já tivesse percebido o que o menino queria. "Um boa-praça, esse Célio." O patrão falava de banco, duplicatas, uns negócios desses que ele não entendia. Entrega é que não era, tinha certeza, só de olhar para a cara do farmacêutico. Encostou-se no balcão, olhando para a rua, e suspirou. Olhou para o grande relógio da farmácia na parede. Três e quinze. Daqui a pouco quatro, cinco e pronto. Seu Fonseca desligou o telefone e se encaminhou para a porta. Teve uma ideia.

— Posso ir lá em casa fazer um lanche, Seu Fonseca? Estou morrendo de fome.

Célio riu. Seu Fonseca pousou amavelmente a mão sobre o seu ombro.

— A partir de amanhã, você traga alguma coisa para lanchar. Hoje, como é o seu primeiro dia, você não estava sabendo, vou quebrar o seu galho.

Tonico rejuvenesceu. Seu Fonseca, então, deu-lhe as costas e se encaminhou para a registradora.

— Venha cá. Tome três cruzeiros e vá aqui ao lado, no bar do Antônio, fazer um lanche. Até a hora de sair você aguenta.

13.

RECEBEU AS NOTAS COMO SE fossem três pedaços de pau. Mas não entrou no bar. Saiu, foi correndo pela calçada, numa resolução assim, de inopino, provocada pelo desespero da certeza de que era aquela a única maneira de sair dali. Em meia dúzia de lances subiu e desceu as escadas da estação e, como um bólido, partiu para o campo de futebol. As graças do céu, então, caíram-lhe em cima. Já de longe, o primeiro que viu, com a bola nos pés, foi Carniça. E, nesse momento, era como se, no mundo, só ele existisse. À beira do campo, a língua fora da boca, quase sem poder respirar, gritou o nome do amigo. Mas Carniça estava num grande lance à beira da área inimiga e nem o ouviu. Berrou novamente. Agora ele estava sendo acossado por dois adversários, chutando grama, bola, pernas e tudo. Não podia ouvir coisa alguma. Aliás, nem olhava de lado, empenhado que estava no jogo. Tonico rodou o campo inteiro com os olhos à procura da sua caixa de engraxate, que devia estar ao lado da camisa e da sandália de Carniça e, também, da caixa dele. Mas lá estavam, ao pé da baliza, todas as coisas do outro, inclusive a velha caixa. "Não trouxe a minha", pensou desanimado, sentando-se à beira do campo. "Tanto tempo para fazer uma besteira dessa". Levantou-se novamente e chamou o amigo, mas agora sem mais aquele entusiasmo. Carniça estava parado no meio do campo, cuspindo. Virou-se e deu com a mão.

— Que é que há, ó cara! — gritou de lá.

Mas a bola chutada não se sabe de onde, explodiu no peito dele, que partiu violento em direção ao gol inimigo. Os meninos corriam atrás do *rush* do engraxate. Tonico também correu pela margem do campo acompanhando a investida do amigo que foi derrubado e a bola chutada lá pros cafundós de judas. Meia dúzia levantou os braços gritando: "é pênalti", mas a preocupação principal foi saber "quem vai buscar a bola?". Todo mundo sentou-se, cada um com meio metro de língua de fora. Tonico foi buscá-la no outro lado da rua. O jogo, então, esfriou. Um disse "estou cansado", outro alertou que já estava na hora de ir para casa e os que restavam não davam para completar dois times.

O jogo estava acabado. Ninguém tinha mais coragem de correr atrás de nada, mesmo dinheiro jogado pro ar. Pouco depois lá se iam todos, cada um em volta do outro, todos falando alto dos seus gols e defesas. Carniça saiu vagarosamente em direção à sua trouxa acomodada ao pé da baliza. Tonico, atrás dele, perguntava pela sua caixa de engraxate.

— Não deu, velho. Não arranjei caixotes. Também preciso de um serrote, pregos e uma porção de coisas. Depois, minha mãe pediu para eu pintar o barraco. Só acabei ontem.

Tonico nesse momento era a decepção em pessoa. Quieto, assistia ao amigo vestindo a camisa e jogando a caixa de engraxate nos ombros. Carniça parecia meio sem jeito pois, afinal, estava bem lembrado da promessa que havia feito.

— Pode deixar que eu vou fazer. Falei e disse, bicho.

— Eu sei, eu sei — balbuciou Tonico —, mas é que eu queria sair de casa amanhã. Me botaram pra trabalhar numa farmácia, fico preso o dia inteiro. Você precisava ver minha escola, agora. Longe pra burro, quase na outra estação, e a gente sai de lá às dez da noite. Um saco.

Os dois agora caminhavam lado a lado pelo meio do campo. Quase seis da tarde e nem se lembrava mais de que saíra do emprego para fazer um lanche ao lado. Também não estava preocupado em ir, hoje, para a escola noturna. Era o seu segundo dia de aula. Até já havia resolvido a nem ir mais. Contudo, apesar dessa disposição, de vez em quando sentia a indecisão magoando-o, uma espécie de dorzinha em algum lugar misterioso do seu corpo, um troço inexplicável como a morte do pai. Abandonar o emprego daquele jeito, não ir à escola, viver solto na rua engraxando sapatos e vendendo jornais, coisas que o tio Severino, sua mãe e sua avó não queriam. Se seu pai estivesse vivo também não deixaria. Era como se passasse a carregar nas costas um saco cheio de coisas gemendo. Mas tudo isso ele sentia sem saber que estava sentindo, e nem podia, pois Carniça o deslumbrava. Um pouco mais atrás, Tonico olhava a caixa dependurada nas costas do amigo, chegou mesmo a tocar nela como se quisesse ajeitá-la para não balançar tanto.

— Será que até sábado você pode fazer?

— Vamos ver, né.

Carniça parou e ficou frente a frente com Tonico.

— Vou precisar de madeira, um serrote, pregos, lixa, uma porção de coisas. Como é que vou arranjar? Tou duro.

— Eu também.

— Teu tio não arranja umas trinta pratas pra gente comprar esses troços? O serrote eu arranjo emprestado.

Levou a mão ao queixo e saiu andando. Agora Carniça vinha atrás dele, ambos em silêncio.

— Vamos fazer um negócio?

— Qual é?

— Eu te vendo essa caixa por cinquenta. Tu me dá vinte amanhã e trinta na semana que vem. Já te dou com graxa, lã, escova, os bagulhos todos. E ainda te ensino.

Um calor medonho subiu pelas costas de Tonico. Seus olhos choraram de excitação. Continuavam caminhando calados, e se aproximavam da praça. Tinha agora o coração em pandarecos, pois não sabia se devia dizer sim ou não. E pelo visto a coisa tinha que ser resolvida. Era a única maneira de amanhã mesmo cair fora de casa e daquela maldita farmácia. Da escola, então, nem se fala. Até já se via com a caixa de Carniça, sozinho dentro de um trem, em direção da zona boa de trabalhar, como lhe dizia o amigo: a zona sul, Botafogo, Copacabana.

— Vais resolver?

— E você? Como vai trabalhar?

Precisava ganhar tempo, isto é, falar enquanto a cabeça funcionava.

— Eu me arranjo. Depois faço outra.

— E como é que você vai ganhar dinheiro?

— Vendo jornais.

— Você me leva aos caras dos jornais, para eu vender também?

— Eu não te disse? Falei tá falado. Me dá vinte pratas amanhã e o resto é comigo.

Deu coceira no cérebro de Tonico. E também nas mãos e nos pés. Um medo terrível de dizer sim, de decidir aquela coisa misteriosa que era o desconhecido.

— Você me disse que pra vender jornais tem que ser de madrugada... eu não sei onde é.

Carniça deu uma risada e encostou-se numa parede. Quase sete da noite e Tonico havia se esquecido de tudo.

— Tu tem que sair de casa lá pra uma da matina, porque o Paraíba dá os jornais pra gente às três e meia, quatro, por aí.

— Quem é o Paraíba?

— Deixa eu falar. O Italiano é um gringo muito legal que tem uma bruta de uma loja. Sabe o que é um depósito? Ele vende jornais, revistas, os "cambais". Tem não sei quantas bancas pela cidade. É rico "pra caramba". E muito legal pra gente. Mas quem dá os jornais pros garotos vender é o Paraíba, um cara também muito legal, mas brabo que só vendo. Se o garoto roubar, ele descobre, e toma pancada. Quando tu chegar lá me procura e eu te apresento. Mas tem que chegar cedo porque eu pego meus bagulhos e me mando pra Central. Gosto de vender dentro dos trens. De vez em quando dá mau elemento, mas aí a gente mete as canelas no mundo. É não dá sopa pros vagabundos.

Tonico estava tremendo, mas também excitado com aquilo tudo que sempre teve vontade de experimentar.

— Quanto a gente ganha nos jornais? — ele vibrava.

— Depende. Às vezes eu vendo até mais de cem. Eles dão pra gente vinte por cento.

— Quanto é vinte por cento?

— Mais ou menos trinta, quarenta pratas. O Paraíba me dá os jornais pra vender e eu só pago a ele o que eu vendo. O resto eu dou de volta. A gente também não paga a sobra. Ele chama de encalhe, manda de volta para o dono do jornal.

A confusão estava plantada na cabeça de Tonico.

— E o que é que o Italiano faz com todos os jornais que sobram?

— Ó cara, já não te disse? Devolve pro dono. Ele também não paga o que sobra.

— Mas o Italiano não é o dono?

Carniça remexeu-se. Tirou a caixa do ombro, colocou-a no chão e, como se fosse iniciar outra maratona de explicações, descansou um pé em cima dela.

— Tu não entendeu nada. O Italiano não é o dono dos jornais. O dono é outro, sei lá quem é.

Tonico então balançou a cabeça como quem diz "ah, comecei a entender".

— O dono dos jornais dá pro Italiano vender e a gente vende pro Italiano. O que a gente não vende, a gente devolve. Não precisa pagar. O que o Italiano não vende, ele também não paga. Devolve pro dono. A sobra é o que eles chamam de encalhe. ENCALHE. Quer dizer: você leva cem jornais, vende trinta, os setenta é encalhe. Tu só paga a gaita dos trinta que tu vendeu. Morou?

Tonico balançou a cabeça e disse "hum... hum".

— Moraste, bicho? Deu pra entender?

Deu várias vezes com a cabeça, sorrindo feliz, e Carniça sorria também.

— E o Paraíba, o que é que ele faz?

— Puxa, Tonico, tu não é tão burro assim. — Carniça ficou nervoso. — Paraíba é empregado do gringo. Ele é quem dá os jornais pra gente vender, já te disse. Depois ele pega o dinheiro da gente e paga o nosso. O Italiano é muito ocupado e cuida de outras coisas.

Tonico fechou os olhos e suspirou, balançando mãos, cabeça e pés.

— Agora, sim. Agora entendi a jogada. Que negócio complicado, não é Carniça?

— Puxa, bota complicado nisso. E tem muito mais coisas que tu vai ver depois. Se tu não for malandro a garotada te rouba.

— Como?

— Só com o tempo é que tu vai aprender o resto.

Carniça era divino. Um menino daqueles, sem ir à escola, sem saber ler e escrever, os dentes podres, todo sujo e sabia de tanta coisa. "E eu nunca nem andei num trem sozinho."

Bateu várias vezes no ombro do seu herói e preparou-se para mais uma pergunta.

— Se eu te perguntar mais outra coisa você não me acha burro?

Era todo só admiração pro Carniça que já sabia disso. Tanto que se abriu num sorriso onde os pedaços dos dentes apareceram.

— Pergunte o que quiser. Vou te ensinar tudinho. Eu tenho até pena de tua vida.

— Como é que você sabe que vendendo os jornais ganha até trinta ou quarenta pratas?

— É claro. Clariol. Eles dá pra gente vinte por cento. Um jornal você vende por duas pratas. Quanto você ganha num jornal?

Tonico balançou com a cabeça e deu com os ombros.

— Tu não sabe? — Carniça quase morreu de admiração por o amigo não saber de uma coisa tão fácil. — Tu ganha quarenta centavos, meu chapa. Dois vez dois não é quatro?

— Isso eu sei.

— Então. Dois vez dois quatro.

— E se você vender cinquenta jornais? — Tonico não tinha entendido ainda.

— Muito fácil: cada jornal você ganha quarenta centavos, morou?

— Morei.

— Então, cinquenta vez quarenta centavos dá vinte pratas. Tu só ganha no jornal o que tu vender. O resto tu devolve; é o encalhe. Tu dá pro Paraíba.

— E o Paraíba dá pro Italiano que dá pro dono do jornal.

O engraxate balançou as mãos pacientemente.

— É isso mesmo. Tu tá quase aprendendo.

Tonico ficou calado por algum tempo, o amigo olhando para ele como se estivesse diante de uma lâmpada quase apagada.

— Você não acha um troço complicado?

— Tu é que não entendeu ainda a matemática.

— Esse negócio de vinte por cento... a gente pode vender vinte jornais, trinta e cinco, cento e dez... e depois para fazer as contas?

— Tua escola, hein! Tu tá no primeiro do ginásio e não sabe uma matemática dessa.

— Os professores da minha escola são ruins, não sabem ensinar a gente direito. Chegam no quadro, escrevem, escrevem, falam, falam, e fica todo mundo boiando...

— Por que tu não pergunta pra eles?

— Eles nem respondem. E tem uns que dizem "quem aprendeu, aprendeu, quem não aprendeu bebeu". Como é que a gente pode saber desse negócio de vinte por cento?

— E não tem só vinte por cento, não. — Carniça agora falava com autoridade. — Já vendi revistas ganhando trinta e cinco por cento; já vendi outros troços com vinte e cinco por cento. É uma complicação que se você não tiver o sangue cá dentro, não sei não, meu chapa.

Tonico parecia mais cansado do que se tivesse enfrentando uma pelada o dia inteiro. Carniça também já estava exausto, e via o amigo cada vez mais longe de entender a maneira de saber quanto ganharia nos jornais que vendesse.

— Engraxar sapatos é mais fácil — disse Tonico. — A gente acaba de engraxar e diz três pratas. O cara paga e pronto.

Carniça levantou logo um dedo, parecendo assustado com o que o amigo havia lhe dito.

— Três pratas tu só cobra aqui nos subúrbios da Central, ou lá pela zona norte onde a turma é dura. Eu não engraxo e nem vendo jornais nessas bandas. Não corre o ouro. Na zona sul, pra brasileiro, tu cobra cinco. Eles dão sempre uma gruja*. Mas bom mesmo é engraxar sapato de gringo. Tu pede em "dóla". Dois "dóla", três, às vezes eles dão cinco. Duro é achar os gringos porque tem uma molecada assim, em cima deles. E eles também não dá muita sopa pra gente.

— E receber em "dóla" é melhor do que em cruzeiro, Carniça? Eu nunca ouvi falar.

— Tu não sabe o que é "dóla", Tonico?

— Já... Já ouvi falar, mas...

— "Dóla" é o dinheiro dos gringos. Sabe quanto vale um "dóla"?

— Vale, como? — Tonico balançava mais com a cabeça do que se estivesse com febre.

— "Dóla" é o dinheiro dos gringos. Se tu chega com três "dóla" pro Italiano sabe quanto ele te dá? — Tonico estava inteiramente imbecilizado. "Como esse Carniça sabe de coisas" — o Italiano te dá quinze pratas. Cada "dóla" que tu apanha

....
* Gorjeta. (N.E.)

dos gringos tu ganha cinco do Italiano. Ele sabe o que fazer dos "dóla". Ele diz que é negócio de "estranja" e como ele também é "estranja" — aí Carniça deu uma grande risada — eles que são brancos que se entendam, eu quero é minhas cinco pratas pelos "dóla". Às vezes tu pega um gringo num restaurante e ele te faz o dia. Ainda te paga o guaraná, te dá cada pedaço de carne desse tamanho. Na zona sul eu passo bem. Mas tem dias ruins. Você encontra caras meio caretas que é uma merda. Sabe quem é o pior inimigo da gente? Os garções. Uns puxa-sacos. Querem até chamar o guarda. Aí eu me mando.

Tonico ouvia tudo aquilo, mas agora, sem saber por quê, o seu entusiasmo estava mais baixo. Vinte por cento, encalhe, "dóla", era um bolo que ele não estava conseguindo digerir. "Tudo assim também de uma vez." Por esse tempo já passavam das sete da noite e as pessoas que agora estavam na rua eram diferentes daquelas que iam pro trabalho de manhã ou que andavam na rua durante o dia. Tonico então lembrou-se de casa, de sua avó, de sua mãe, da farmácia, da escola e assustou-se por dentro, mas Carniça, a nova realidade, o futuro novo, prendia-o ao chão. E ele largou um daqueles seus fantásticos suspiros. Conhecer a cidade, andar sozinho nos trens de madrugada, ganhar dinheiro sem ficar preso numa loja "é o que minha avó me disse: você agora é o homem da casa". Carniça olhava o amigo e coçava a cabeça como se estivesse duvidando dele.

— Tu tem peito?

Tonico levantou os ombros, deu uma risada vigorosa e foi até a ponta da calçada. Depois voltou.

— Que horas você vai pro Italiano?

— Eu durmo lá. Me enrolo nuns jornais e só me levanto quando o Paraíba me chama, lá pras três e meia. Os garotos todos. É um barato. Se tu chegar até quatro me pega lá. Mas tu tem que pegar o trem aqui bem cedo. Como tu vai sair de casa? Tua mãe vai dar uma bronca...

— Eu sou homem. Sei me virar. Amanhã já vou ganhar dinheiro pra te dar tuas vinte pratas da caixa.

Carniça voltou a ficar entusiasmado com ele.

— Macho é macho — e botava fogo na lenha. — A caixa já é tua.

E se abaixou para apanhá-la, Tonico acompanhando-o com os olhos, mas, outra vez o entusiasmo descendo de nível, apesar de querer dar uma demonstração ao amigo de que poderia aprender tudo.

Lembrou-se, então, de perguntar onde era a loja do Italiano. Aos poucos, sem saber, estava decidindo o seu mistério. E a cada pergunta que fazia, sentia um tremor diferente.

— Onde é a loja do Italiano? Eu tenho que saber o endereço.

— Tu pega o trem até a Central; de lá vais pra Rua dos Inválidos. Qualquer botequim daqueles te diz onde é o depósito do Italiano.

— Nunca fui sozinho pra cidade...

— Tu faz o seguinte: pega o trem aqui na estação. De madrugada tem trem de hora em hora, quando não atrasa. O mais fácil é atrasar, mas tu espera. É só chegar cedo. O trem te leva até a Central. Lá é o ponto final, não tem galho. Na Central tu pergunta onde é a Praça Cruz Vermelha. É um lugar que todo mundo conhece. É uma andadinha boa, mas tu chega lá. Na Praça Cruz Vermelha pergunta em qualquer botequim dali e eles dizem: é logo ali. Da Cruz Vermelha pros Inválidos não é nem cinco minutos. E quando tu chegar na Rua dos Inválidos tu pergunta outra vez. Qualquer um te mostra a loja do gringo. É um lojão. Tu vai logo ver caminhão, kombi, carros... um movimento danado na frente.

Tonico levou a mão ao queixo, olhou bem para o amigo, e disse:

— Deixa ver se me lembro: pego o trem até a Central. Lá pergunto onde fica a Praça Cruz Vermelha, e na Praça Cruz Vermelha, me dizem onde fica... qual é mesmo o nome da rua?

— Dos Inválidos.

— Ahh... dos Inválidos. Lá eu pergunto outra vez. No outro dia já sei ir direitinho na loja do gringo.

— Isso, bicho.

Por fim, havia decidido, pois já estava com a caixa de engraxar nas mãos. Preso a ela por um barbante bem sujo, um pequeno banquinho redondo, com três pernas, que era para ele sentar-se enquanto limpava os sapatos do freguês. Carniça abriu a pequena gaveta da caixa, e foi mostrando um pedaço de lã, tão sujo que mais parecia as pernas dele, um vidrinho contendo álcool, outro com água, duas escovas imundas de graxa e outras sujeiras, duas latas de graxa, uma preta e outra marrom, etc.

— Como tu vê a caixa tem de tudo. Sabe engraxar?

— Quem não sabe engraxar um sapato?

— Tu sabe mesmo, Tonico? Tem que deixar o sapato do cara legal... brilhando.

— Eu posso não ter é prática. Nunca engraxei sapato dos outros...

14.

SAÍRAM ANDANDO EM SILÊNCIO, até que Carniça apontou para um pequeno restaurante, algumas mesas na calçada e uns poucos fregueses sentados.

— Lugar bom pra gente engraxar é assim — apontou. — Lá na zona sul é cheio de gente comendo nas calçadas. Vamos dar uma arriscada? O povo aqui é pão-duro, mas quem sabe?

Os dois atravessaram a rua e se aproximaram da primeira mesa. Tonico um pouco atrás, o outro na frente com todos os apetrechos. Deram uma rápida olhada nos sapatos marrons de um homem tomando uma cerveja.

— Uma graxinha... — o homem nem levantou os olhos do copo.

Carniça olhou de lado pra Tonico como quem dizia "eu não te disse que o povo aqui é pão-duro?", e foram até outra mesa. O garção apareceu.

Os meninos deram um pulo até a calçada, e de lá ficaram olhando para dentro do restaurante.

— Vem cá, menino — alguém chamou.

Tonico acendeu-se e ambos correram em direção à mesa do canto, onde um rapaz lia um livro, um chope dormindo à sua frente.

— Dá um brilho legal nas botas — falou metendo uma enorme bota preta, coberta de barro seco, sobre a caixa.

Carniça olhou de lado fazendo careta. Em seguida sentou-se no banquinho, puxou de uma das escovas, molhou-a com a água do vidrinho e começou a limpeza da bota. Tonico só olhando. Depois pingos de água em toda a bota e, por fim, o pano grande, também muito sujo, acabando de limpar a bota inteira. De vez em quando puxava o pé do freguês, porque ele distraía-se, e o pé escorregava ora pra frente ora de lado. Agora, a primeira mão de graxa, com dois dedos que iam rapidamente da lata à bota. Depois bateu com a mão na caixa dando dois tapinhas, e o freguês com a maior preguiça do mundo mudou de pé. A outra bota estava mais suja ainda. Tonico chegou a franzir o nariz. Mas o engraxate pôs mãos à obra. Em poucos minutos os sapatos estavam brilhando. Deu dois tapinhas mais fortes na caixa como quem avisa "acabou". O freguês olhou, olhou, os meninos olhando ele. Meteu a mão no bolso da calça e perguntou quanto era. Ainda sentado no pequeno tamborete o menino deu uma risada.

— Não estava "mole" a sua bota, hein! O senhor dá quanto quiser.

O rapaz deu uma nota de cinco.

— Isso paga?

— Tá legal.

"Fácil, fácil. E lá se vem cinco pratas." Carniça deu outra olhada no ambiente, e não vendo mais nenhum futuro por ali, saíram.

— Tu viu?

— É um negoção.

— Vamos ver se a gente arranja um freguês pra você engraxar. Topa?

— Agora já sei como você faz — disse morrendo de felicidade.

E foram olhando os pés de todo mundo. Tonico se admirava de ver como as pessoas andavam com os sapatos tão sujos. Nesse momento lembrou-se da sua mãe, do tio e da avó. Todo mundo devia estar por ali, loucos à sua procura. Por instinto olhou para os lados, mas não viu ninguém. "Daqui a pouco vão me achar." Pensou num lugar para esconder-se.

— Onde tem outro bar com mesinhas do lado de fora? — perguntou Carniça. Entrar dentro do salão dá muito galho.

Tonico levantou a cabeça como se soubesse de algum local e quisesse se lembrar.

— Na zona sul é assim de mesas no lado de fora — disse Carniça juntando e abrindo os dedos — e como dá gringos pra gente pegar "dóla".

— Vamos pro outro lado da estação? — Na verdade Tonico estava era com medo de alguém da família aparecer por ali.

— Um barato. Vamos lá?

Saíram correndo como dois malucos, um carregando a

caixa de engraxate, e o outro atrás, pensando "será que ele esqueceu que agora a caixa é minha?". Quando desceu as escadas do outro lado, recebeu a sua caixa das mãos do amigo. Sentiu-se como se recebendo muletas para aprender a andar.

— Agora vamos ver se a gente arranja alguém para você engraxar.

Engoliu em seco diante da realidade que se aproximava, e sentiu um calor no rosto.

— Vamos — disse.

Logo à frente um enorme botequim cheio de gente bebendo no balcão e nas mesas colocadas no lado de fora.

— Agora tu mete a cara!

Tonico parou. Estava emperrado, a língua seca, todo tremendo.

— Que que há, ó cara? Vai lá e pergunta "quer engraxar?", "Uma graxinha?". Se eles não quiserem tu te manda. Ninguém vai te comer, não, meu chapa.

O coração batia como um bombo. Mas aí ele tomou coragem e entrou no meio das mesas. Carniça atrás. Abordou logo um grupo de quatro ou cinco, a mesa repleta de garrafas de cerveja. Não lhe deram atenção. Permanecia diante deles, olhando como se não tivesse vendo nada. Sua língua, então, estava do tamanho de um avião dentro da boca. Nem podia falar. Carniça atrás instigava.

— Pergunta pra eles, ó cara.

Um dos fregueses levantou um braço e fez um círculo bem grande. Para Tonico aquilo lembrou-lhe um arco-íris.

— Ninguém quer engraxar aqui, moleques — balbuciou o homem.

Foi um soco na cara, mas também uma espécie de alívio, pois retardava a experiência que ele temia fracassar. Mas Carniça já o puxava para outra mesa. Era um velhote sozinho, bebendo acompanhado por uma mulher. Ele fez um simples sinal para os meninos como quem diz "caiam fora".

Tentaram outra vez. A mesma coisa. Continuaram. Nada. Tonico disse para si mesmo "que azar"; agora já estava se acostumando a procurar sozinho. Aproximou-se de dois rapazes que estavam sentados adiante:

— Vamos dar uma graxinha?

— Bidu — respondeu um deles ao mesmo tempo que estendia um pé. — Lambuza isso aí, vai. Mas tem que ficar um espelho.

Tonico como que perdeu o controle sobre si mesmo, e mal soube se ajeitar naquele banquinho de três pernas. Carniça acocorou-se ao lado dele. O freguês riu e voltou-se para o amigo.

— Com secretário deve ser mais caro.

Carniça levantou os olhos e riu. Tonico já estava passando a escova molhada nas bordas do sapato. Tremia todo, faltava-lhe o jeito. Mas fazia o trabalho. O difícil foi abrir a lata de graxa, mas Carniça ajudou-o, e aproveitou para ensinar a ele como fazer isso com apenas dois dedos. Agora os fregueses observavam os dois meninos. Um ensinando ao outro, e achavam graça. Outra dificuldade foi dar os tapinhas na caixa para o freguês mudar os pés e, por fim, o último e o maior sacrifício: dar o brilho final nos sapatos. Ele não conseguiu de maneira nenhuma estender a flanela sobre os joelhos, pingar o álcool e passá-la nos bicos e nos lados do sapato com o vigor necessário para o brilho aparecer. Carniça tomou o lugar dele e acabou o serviço.

— É o mais fácil. — Agora era Tonico quem estava acocorado, olhando de lado.

Os fregueses assistiram até o fim, e também o garção, em pé, rindo com o mestre e o aprendiz. O freguês puxou duas notas de cinco e deu uma para cada um. Era o primeiro dinheiro que Tonico ganhava na sua vida com seu próprio trabalho.

— Dez pratas? — espantaram-se.

— Quer experimentar outro?

— Não — respondeu Tonico mais do que nervoso. Acabara de enfrentar uma das maiores batalhas de sua existência, e seus nervos não estavam tão preparados assim.

— Já é tarde e vou para casa. Posso levar a caixa?

— Eu não vendi pra você? Falei, bicho.

Os dois saíram de volta. As pernas do Tonico pareciam não lhe pertencerem.

— Fiquei nervoso.

— Tu te acostuma.

Dali mesmo Carniça foi pegar o seu trem. Ia pro depósito do Italiano, dormir até a hora do batente. A última recomendação foi lembrar a Tonico suas vinte pratas amanhã.

— Pode deixar. Já ganhei cinco.

— Quer me dar logo esse? Amanhã só fica quinze.

Tonico hesitou um pouquinho, mas meteu os dedos na algibeira* da calça, e passou a nota de cinco para o amigo. Dali ele desceu as escadas, a caixa de engraxate com o banquinho dependurado nas costas. "Que noite!" pensava ao mesmo tempo que olhava para todos os lados, com medo de ver algum parente. "Devem estar me procurando. Hoje é que vai ser uma coisa." E enquanto caminhava, procurava encontrar um modo de entrar em casa sem que ninguém o visse com a caixa. "Vou ter que esconder no quintal, debaixo do tanque de lavar roupa." O difícil era atravessar a porta dos fundos. "O pessoal deve estar na janela me esperando." A desculpa pela hora já estava arranjada, ainda que lhe custasse uns gritos, e talvez uns tapas da mãe. Diria que tinha ido jogar bola com os amigos num lugar muito longe e que até se esquecera da hora. Ia dizer também que tinha fugido da farmácia porque não gostou de lá. E logo mais, a uma hora, estaria na estação tomando o trem pra Central. Uma coisa não estava se lembrando agora. O nome da praça que Carniça lhe falara. Lembrava-se mais ou menos que tinha cruz no meio: era praça cruz não sei o quê. Continuava andando e lutava para se lembrar do nome da praça. "Cruz, praça cruz... praça cruz o quê, meu Deus. Quando chegar na Central eu pergunto. Carniça disse que todo mundo conhece essa praça cruz não sei o quê. Quando eu falar a pessoa vai se lembrar." E Tonico ia assim, nos seus pensamentos, quando tomou um susto. Alguém lhe puxava a caixa das costas. Era o tio Severino.

....
* No bolso. (N.E.)

15.

VOCÊ ESTÁ FICANDO DOIDO, TONICO? Anda todo mundo maluco te procurando. Já fui na delegacia, no pronto-socorro... Como é que você, tão grande, ainda não tem juízo? E que diabo de caixa de engraxate é essa? De quem é isso? Que está você fazendo com esse troço nas costas?

O tio foi logo nas mãos dele. E viu as marcas de graxa, a sujeira dos dedos.

— Engraxando sapatos na rua como um moleque sem-família.

Severino parou o sobrinho no meio da calçada.

— Eu não quero estar na sua pele quando sua mãe souber. Hoje vai ser teu dia.

Tonico estava pálido. E, sem saber por quê, com muita raiva também. Mas não respondeu. Estava disposto a aguentar tudo com muita calma porque, hoje mesmo, sem que ninguém visse, ia se mandar. Tirou a caixa das mãos do tio que não lhe fez objeção.

— Essa caixa é minha — disse de cara feia. — Eu comprei.

— De quem você comprou essa porcaria?

— Do Carniça.

— Eu logo vi, tinha que ser ele. Não é à toa que sua mãe não suporta esse menino. Quanto lhe custou?

— Cinquenta cruzeiros... vinte amanhã e trinta na outra semana. Amanhã só vou dar quinze, porque hoje dei cinco a ele. Um sapato que eu engraxei.

Severino não pôde deixar de rir e alisou a cabeça do sobrinho. Tinha espírito de luta. Não gostava de se entregar facilmente e as suas ideias eram como se fossem as últimas do mundo, e as melhores. Mas essa vida era muito perigosa.

— Quando tua mãe souber. Te prepara.

— Vou esconder a caixa para ela não ver.

— Nada disso, meu velho. Ela vai saber de tudo direitinho. Não vou mentir, não. Deus me livre. Ainda mais com o filho dos outros. Ela já andou por aí te procurando, minha mãe já andou, e eu estou de pernas secas. Onde você se meteu?

— Por aqui mesmo. Depois fomos para o outro lado.

— Você e aquele molequinho?

— Ele é meu amigo.

— Tua mãe é quem vai dizer isso.

As mulheres, como era de se esperar, estavam na porta dos fundos e já tinham visto de longe os dois se aproximando. O que nenhuma das duas conseguia adivinhar era o objeto escuro que Tonico trazia nas costas. Dona Corália já havia observado para a filha que o neto estava de sapatos nos pés e com meias, "graças a Deus." "Na friagem dessa hora! Será que esse menino comeu em algum lugar?" E foi ela quem primeiro se lançou sobre Tonico tão logo os dois chegaram à porta dos fundos. Dona Zen, que até já havia chorado de apreensão pelo filho, tinha agora os olhos vidrados de raiva "menino teimoso e danado".

— Que é isso, meu Deus! — Dona Corália bradou, passando para as mãos da filha a caixa de engraxate do Tonico.

Dona Zen ficou com aquilo na mão e parecia transida*.

— Vou arrebentar com isso agora mesmo! — E correu para a cozinha, Tonico tentando agarrar-se à sua caixa, e Severino abraçando tudo, num empurra-empurra infernal, procurando inclusive arrancar da irmã a caixa de engraxate do sobrinho.

Urrando de ódio Zen correu para a sala. E tentava, na borda da janela, arrebentar com a caixa. Dona Corália entrou no meio dos dois, e Severino pedia "calma, pelo amor de Deus". Tonico por sua vez agarrava-se à sua mãe, que parecia ter perdido o controle. Era demais para ela.

— Deixa de ser nervosa, Zen — gritava o irmão.

Dona Corália também chorava agarrada com a filha.

— Ele é pequeno.

E num lance, como ninguém lhe deixava arrebentar "esta porcaria" jogou a caixa no meio da rua. Tonico deu um grito e pulou a janela como um gato. Ficou chorando na calça-

....
* Assustada, apavorada. (N.E.)

da abraçado com seus troços. O banquinho de três pernas é que ele não havia encontrado. Encostado na árvore, no outro lado, as lágrimas cobrindo-lhe o rosto, o soluço lhe cortando todo, procurava o banquinho com os olhos, pelo calçamento escuro.

— Vai buscar ele, Bio! — implorou Dona Corália.
— Está bem, mamãe. Tomara que ele não corra.
— Com você ele não corre.

Na refrega o banquinho havia caído para dentro da casa e agora, Severino, de tão agitado, nem sabia como fora parar na sua mão. Quando chegou à porta dos fundos Tonico deu uma carreira e ficou lá na outra ponta. Tinha agido assim mesmo na última vez, e Severino estava cheio daquilo tudo. Nem se abalou. Dali mesmo chamou o sobrinho, e fez aqueles apelos que os adultos fazem de milhares de maneiras e modos, em casos semelhantes. E Tonico lá embaixo, soluçando e respondendo malcriações. Da janela sua avó chamava por ele. Dona Zen é que entrara no quarto e caíra na cama pedindo a Deus que a levasse para junto do marido, pois não aguentava mais essa vida. "Uma coisa tão simples de ser resolvida e tanta tragédia." Dona Corália caiu em prantos.

— Vamos, Tonico — apelava Severino. — Você já deu muito trabalho hoje. Estou cansado e amanhã tenho que trabalhar cedo. Ninguém vai lhe tomar sua caixa. Eu prometo. Tudo já passou. Venha. Amanhã você conversa com sua avó, com sua mãe.

— Não quero conversa mais com ninguém. Vou embora dessa casa.

— Não seja bobo. Você é um menino grande e já entende as coisas. Entra, vai. Estou morrendo de cansado.

Severino falava de um modo tão desanimado que dava pena a quem o escutasse.

Por fim atravessou a rua para a calçada do outro lado. Quando Tonico viu o banquinho nas mãos do tio correu em sua direção.

— Caiu dentro de casa. Quebrou muito, a sua caixa?

— Só aqui. O pedaço onde as pessoas botam o sapato.

Isso é fácil. Um prego e pronto. A gavetinha onde estão as coisas não abriu?

— Não, senhor. Está trancada com isso, olhe. Foi a salvação.

— Agora vamos. Amanhã se não quiser ir trabalhar na farmácia não vá. Se não quiser ir à escola também não vá. Mas não saia de casa desse jeito. Deixe as coisas esfriarem. Vai terminar matando sua mãe. Você quer isso? Sua avó também está velhinha, é preciso ter pena delas, né?

— Elas só querem para mim as coisas que eu não quero. O senhor também.

Severino soltou um suspiro e disse ao sobrinho que isso era outra história, e que amanhã, à noite, vinha conversar com ele para explicar umas coisas. Tonico aí aproveitou, e pediu ao tio dez cruzeiros emprestados. O plano teria que ser executado naquela noite e ele não tinha dinheiro para o trem, ou para tomar um café na rua. Os únicos cinco cruzeiros pagara ao Carniça. "Nem me lembrei que ia precisar." Agora vinham caminhando para casa.

— Pra que você quer dez cruzeiros, Tonico? Você pensa que sou rico?

— Eu sei, tio, que você não é. Mas nunca mais ninguém me deu dinheiro.

Dona Corália correu para o neto. Severino depois de largar um superenfadado "está bem" deu os dez cruzeiros ao menino. Não faltava mais nada para realizar o seu plano. O único perigo era, cansado como estava, pegar no sono. Mas isso não ia acontecer. Nem se deitaria. "Vou ficar sentado e de olhos abertos até todo mundo dormir. Havia só uma dúvida em sua cabeça. Deixaria um bilhete para sua mãe, como da última vez? Era bom ela ficar sabendo que ele tinha ido para a cidade, e ninguém perder tempo procurando ele perto de casa."

16.

DONA CORÁLIA LEVANTOU-SE COM O SOL já dentro do seu quarto "Nossa! É tão tarde assim?". Olhou o relojinho de pulso sobre a pequena mesa. Já passava das sete. Não era seu hábito dormir tanto. A primeira lembrança foi o neto e correu para o quarto dele. Ficou por alguns instantes apreciando o menino, e tinha os olhos cheios de lágrimas. Tonico estava ainda de sapatos, meias e tudo, dormindo quase sentado na cama, derrubado sobre o travesseiro. No chão, a caixa de engraxate parecia uma coisa viva, talvez um príncipe formoso encantado por uma bruxa ruim naquela pobre caixa de madeira, lambuzada de graxa. Dona Corália olhou para a caixa e era como se tivesse, na verdade, certeza de que se tratava de uma pessoa ao pé da cama do neto, esperando o desencanto. Foi até a cama, levantou com dificuldade as pernas do menino e acabou de ajeitá-lo na cama. Ainda ergueu um braço que estava dependurado. Ele ressonava como quem não fosse acordar tão cedo. Depois foi acordar a filha e dizer-lhe que Tonico dormiu de sapatos nos pés. "Nem tirou a roupa. Dormiu sem comer nada, o pobrezinho, e nem escovou os dentes."

Tonico abriu os olhos bem devagar, e não acreditou no sol entrando pela janela do seu quarto. Deu um pulo. Mas ficou de pé sem sair do lugar, sonolento, a boca amarga, vestido como estava, e a caixa de engraxate do mesmo jeito como havia deixado, a parte desconjuntada ao lado. Abriu a janela e pelo movimento da rua podia perceber que era quase meio-dia. "Ora bolas! Peguei no sono." Disse outra vez e lembrou-se de que prometera dar quinze cruzeiros ao Carniça. "Como é que eu vou arranjar o dinheiro? É por isso que o Carniça dorme no depósito. O Paraíba acorda ele." Bocejou com toda força, coçou a cabeça e começou tirando os sapatos e as meias. Por fim, desvestiu-se. Meteu um calção preto e uma camisa meio desbotada, "a roupa de brincar". "Hoje de noite dou umas engraxadas por aqui mesmo e arranjo as quinze pratas do Carniça num instante." Pensou para consolar-se e foi no bolso da calça onde achou treze cruzeiros: uma nota de dez "que meu tio me deu" e três notas de um cruzeiro "que Seu Fonseca deu para eu lanchar ontem". Guardou o dinheiro bem escondidinho "vai servir pra mais tarde eu não ficar duro na rua". Fugir era uma ideia fixa. Só faltava arranjar um martelo e pregos para consertar "minha caixa". Dona Corália entrou no quarto e beijou o neto.

— Dormiu bem? Agora vá para o banheiro escovar esses dentes e depois venha comer.

Baixou a cabeça, como era seu jeito, quando estava amuado, e não respondeu nada. A mulher ficou aborrecida com a malcriação do neto e saiu. Dona Zenaide apareceu sorrindo, deu-lhe muitos beijos e ficou abraçada com ele, mas Tonico de corpo mole, querendo dar a entender que estava furioso com a mãe.

— Ainda está zangado comigo?

Largou-se com toda rispidez e correu para o banheiro. Dona Corália, que vinha chegando, levou um esbarrão quase caindo.

— Esse menino!

Tonico arranjou pregos, um martelo emprestado e consertou a caixa. Depois, no tanque, deu-lhe uma boa lavada. As duas mulheres, de longe, ficavam apreciando o menino movimentar-se no quintal, e entreolhavam-se com os olhos presos uma na outra. Dona Zenaide, lá dentro, disse para sua mãe:

— Vou obrigá-lo a devolver essa caixa. O Bio me falou que ele comprou daquele moleque. E comprou fiado, imagine. — Não aguentou o riso, e sua mãe apenas balançava a cabeça, como quem dizia a todo momento, "esse menino".

— Ele já pagou ao moleque cinco cruzeiros com um sapato que engraxou ontem — continuou Zenaide —, ficou de dar quinze cruzeiros hoje. Na semana que vem vai dar o resto. Comprou essa porcaria por cinquenta cruzeiros. Tem cabimento uma coisa dessa? Bio me contou tudo.

— Tenha calma — observou Dona Corália. — Você hoje ainda não conversou com ele, não é?

— A senhora não vê como faz comigo?

— Mas é assim mesmo, Zen. Mais tarde você chama ele lá dentro e conversa bem devagar, com carinho. Eu arranjo isso. Tonico é bom menino. A morte do pai, esse negócio de estudar à noite, de trabalhar, tudo assim de repente, mexeu com a cabecinha da criança.

O menino estava no quintal, sentado no batente e olhando de longe, à espera de que a caixa secasse ao sol. De vez em quando botava a mão e voltava. Estava demorando a secar. Havia também resolvido que no outro domingo ia comprar tinta verde, a óleo, e pintá-la todinha. E colar um escudo do América, em cada lado. "Vai ficar um barato", pensava rindo, e lá ia outra vez até onde estava a caixa para ver se já havia secado. "O sol de hoje está uma porcaria." Por fim lembrou-se do campo da estação. Ali mesmo do quintal gritou para sua avó que ia jogar bola. Dona Corália apareceu.

— Isso é com sua mãe. Fale com ela. Mas primeiro venha lanchar!

Dona Zenaide, que ouvira o filho, aproximou-se e disse com brandura, em tom de reconciliação.

— Pode ir, mas não demore. Mais tarde quero conversar um bocado de coisas com você.

Ele não respondeu e, como se tivesse dez pernas, zarpou calçada afora, em direção ao campo da estação. Mas o que ele queria mesmo era encontrar Carniça e contar as últimas da noite anterior: da bronca da mãe, do tio, da caixa quebrada, e que já havia consertado, dado até uma lavada nela, e que também ia pintá-la de verde com tinta a óleo e colar o escudo do seu time. Queria engraxar com ele hoje de noite. "Você fica olhando, até eu juntar as suas quinze pratas." Já havia feito os planos para se encontrarem mais tarde no depósito do Italiano. A fantasia, o mundo novo que havia criado, estava todinho dentro dele. E crescia sem parar, como se aquilo tudo jamais pudesse acabar um dia. E talvez não acabasse nunca, pois sonho é sonho em qualquer idade, e até a gente morrer o sonho não acaba. Mas Carniça não apareceu. Tonico jogou o tempo todo olhando para os lados da estação por onde ele costumava aparecer. Os companheiros do seu time chamavam ele de tudo quanto era nome feio, pois Tonico perdia ótimos passes, além de um ou dois gols feitos.

— Presta atenção no jogo. A gente tá perdendo.

Tonico só olhava para fora do campo, para o horizonte milagroso de onde, de um momento para o outro, poderia surgir o Carniça fantástico. O jogo acabou, e voltou para casa desolado. "Ele deve ter ficado muito ocupado, engraxando sapatos na zona sul."

17.

QUANDO CHEGOU EM CASA foi direto ao lugar onde havia deixado a caixa. Ela já estava sequinha e muito limpa. Em alguns lugares ficara quase branca. Tonico guardou-a no quarto, sua avó atrás dele.

— Hoje você se comportou como um rapaz. Não saiu de casa, comeu direitinho, foi brincar e voltou cedo. Não é tão bonito assim? — Tonico só ouvindo, ao mesmo tempo que tirava a camisa molhada de suor. — Agora vá tomar banho. Depois bote sua roupa limpa, o sapato, as meias e venha jantar. Você hoje não lanchou. Saiu por aí como um doido, e deve estar morrendo de fome. Outra coisa: sua mãe quer conversar uma coisa muito importante com você. Nada de malcriações com ela. Seja educado.

— Eu não quero papo — respondeu firme.

— Mas hoje você vai querer. Ou eu vou embora dessa casa. Nunca vi uma coisa dessa: filho de mal com a mãe. Isso é pecado. Meus filhos nunca ficaram de mal comigo.

— Tá legal, vó. Tá legal. Eu falo com ela. Mas não vou devolver minha caixa nem jogar ela fora. Vou avisando.

Era como se Tonico estivesse adivinhando, e Dona Corália, que já sabia do que ia por dentro da cabeça da filha, arrepiou-se. "Vai ser outra confusão", pensou, dando as costas ao neto, "tomara que Zen tenha paciência com esse menino teimoso". Tonico estava com a ideia firme de que logo mais, quando todos dormissem, daria o fora "dessa casa". De hoje não escapava. Não dormiria como na noite anterior. Treze pratas no bolso, a caixa novinha em folha, ele se sentia pronto para a batalha. E se não o encontrasse? "Encontro, sim, no depósito do Italiano." Já havia planejado deixar a porta dos fundos e do portão da rua abertos para não rangerem quando saísse. Sua avó tinha um sono muito leve. "Foi até bom eu não ter ido ontem. O plano de hoje está muito melhor." Inclusive já tinha na cabeça os dizeres do bilhete que ia deixar para a mãe. Era melhor escrevê-lo no banheiro. Na hora de sair era só deixá-lo sobre a cama. Tonico jantou, e o tempo todo sua mãe o olhava da sala. Ele nem levantava a vista. Mastigava bem devagar, como se não quisesse acabar de comer, a cabeça por dentro voltada para o mundo lá fora. Finalmente levantou-se da mesa. Era o jeito. Sua avó ordenou-lhe, enquanto retirava os pratos:

— Vá escovar os dentes. Sua mãe quer falar com você.

Dona Zenaide foi buscá-lo no banheiro, e veio de lá abraçada com ele, que mais parecia um pedaço de pau, pois fazia gosto ver a sua má vontade. Sentaram-se perto da janela e ele jogou os olhos para a rua.

— Olhe para mim, Tonico.

— Estou olhando.

De longe Dona Corália tinha os ouvidos abertos, e já havia preparado todo um discurso caso precisasse entrar no meio da conversa. O seu tema predileto era aquele mesmo de anos atrás: "Se vocês continuarem assim vou embora dessa casa". Isso havia sempre funcionado, até mesmo contra o finado Luiz, quando ele discutia com a filha, ou queria bater no neto. E já várias vezes, por causa de coisas menores, havia se mudado para a casa do Severino. Mas voltava sempre.

— Eu, Bio e mamãe conversamos bastante ontem — disse Zenaide alisando os cabelos do filho —, e tenho uma boa notícia. Resolvemos que as coisas vão continuar como antes. Você vai voltar para sua escola, de manhã, acabar o ginásio direitinho, e sem precisar trabalhar. Vamos dar um jeito. Tudo como antigamente. Você continua jogando seu futebol no campo da estação, depois dos deveres de casa, e nada de problemas entre nós, está bem?

Tonico tinha a cabeça baixa e mexia um pé com o outro.

— Vocês estão sempre resolvendo os trecos pra mim. Eu nunca resolvo nada.

— Mas você é uma criança, meu filho.

— Minha avó falou que eu era o homem da casa.

— Mas isso é só um modo de dizer.

— Mas eu sou mesmo o único homem aqui em casa.

— Você é um menino, Tonico.

Dona Corália, da cozinha, dizia para si que a tempestade

se aproximava. "Zen anda muito impaciente." Agora o menino emburrava de uma vez, e Zenaide batia com as mãos nas coxas.

— Eu quero trabalhar para lhe dar dinheiro — dizia ele.

— Mas eu acho que você deve é estudar.

— Mas antes a senhora queria que eu trabalhasse naquelas lojas chatas, em pé, em pé, em pé, o dia todo. — Tonico dava com a cabeça, com as mãos, e os pés não tinham sossego.

— Nós estávamos erradas — respondeu Zenaide já sem muita calma. — Você é mesmo muito menino para trabalhar o dia todo e ainda estudar até dez horas da noite. Mamãe também não quer.

Ao ser mencionada, Dona Corália entrou na sala. Era o pretexto para ouvir a conversa de perto e poder com mais facilidade diminuir qualquer tensão. "Se o Bio estivesse aqui", pensava.

Tonico ficava impaciente. As horas passavam e ele ali, preso numa conversa boba que não iria resolver coisa alguma, pois já se decidira a fugir. Para ele, nada poderia ser mais como antes. Sua vida havia mudado, e não era com meia dúzia de palavras que sua mãe ia provar o contrário. Estava tudo ali, diante dele, diferente desde a morte do seu pai. E agora ele queria que as coisas ficassem como estavam. Apenas não tinha certeza do que significava querer algo diferente da vida que havia sempre levado. De uma coisa estava certo: antes sua mãe e seu tio lhe haviam falado a verdade. Agora estavam mentindo. E a sua impaciência era ainda maior porque tinha um pressentimento de que Carniça estava na praça esperando, para receber as quinze pratas da caixa. Então se levantou.

— Senta aí — sua mãe falou firme. — Você hoje não vai sair mais de casa. Dê uma olhada nos livros. Amanhã você vai voltar para a escola.

Tonico desesperou, pois sua mãe continuava insistindo na ilusão do tempo passado. Ele, no entanto, sabia que nada disso retornaria nunca mais, depois que o pai morreu. Mas lhe faltava coragem de dizer à sua mãe. Medo, revolta, uma coisa assim difícil. Talvez por causa da avó Corália, olhando ele do jeito como estava agora. Tonico sentou-se outra vez, fechou o rosto e sentiu vontade de chorar.

— Mas eu quero trabalhar.

— Não engraxando sapatos, como um moleque de rua.

Finalmente Zenaide tinha atingido o alvo. Tudo o que havia dentro dela era dizer isso ao menino.

— Você não é um moleque igual a Carniça.

— Carniça trabalha pra burro! — revidou levantando-se todo. — Só porque ele é preto!

— Não é por isso não, seu malcriado.

Dona Corália sentiu que as coisas esquentavam, e pôs um braço sobre o ombro do neto.

— Faça o que sua mãe quer, meu filho. Devolva essa caixa ao seu amigo e pronto. Fique como você estava antes. Antes não era tão bom?

— Antes meu pai era vivo — respondeu. — Nem minhas irmãs estavam na casa da tia Marly.

As duas mulheres não esperavam aquela resposta do menino. Foram atingidas no rosto, assim, de supetão. Dona Corália deu a volta para a cozinha, sentindo-se derrotada, mas Zenaide voltou à carga e, dessa vez, para não deixar mais dúvidas.

— Você vai devolver essa porcaria. Vai ou não vai?

Para espanto dela e de Dona Corália ele respondeu que ia devolver sim, e que amanhã continuaria as aulas na escola pública. Dona Corália veio de lá e abraçou o neto, chorando.

— Não é tão bonito assim, meu filho?

Zenaide enlaçou o menino agradecida, e beijava-o no rosto, na testa e nos cabelos. Tonico ficava no meio delas, de olhos fechados.

— Você está vendo, meu filho, como é tão fácil resolver os nossos problemas?

18.

OLHOS SECOS, O CORAÇÃO BATENDO, muito sério, afastou-se devagar dos braços das mulheres, e encaminhou-se para o quarto. Elas ficaram olhando pelas suas costas, mas Zenaide, conhecendo o filho como conhecia, começou a duvidar. Ele sempre fora teimoso. Muito mesmo. E já levara umas boas chineladas por isso. E mudou assim tão de repente. Tonico vinha do quarto com a caixa de engraxate nos ombros.

— Eu vou com você! — resolveu Zenaide levantando-se de repente.

— Por quê? Eu volto logo. Vou só entregar a caixa.

— Eu quero conversar com o seu amigo. Ele pode ficar zangado com você.

— Carniça é meu chapa. Nunca fica zangado comigo.

Mantinha-se brando à custa de muito esforço, apesar do pavor que sentiu com a inesperada decisão de sua mãe em acompanhá-lo. E ficou assim parado, olhando a mãe, ainda mais revoltado. Não sabia agora como fazer. Talvez a solução fosse pular a janela e sair correndo. Mas aí aconteceu a sua salvação. Dona Corália aproximou-se, deu um beijo no neto, e disse para a filha:

— Pensa que ele vai engraxar sapatos na rua, numa hora dessas? Você precisa confiar nele, minha filha.

Tonico aproveitou e foi saindo de mansinho para os fundos da casa enquanto sua mãe sentava-se abatida e deitava a cabeça nos braços.

— Tenho medo que ele fuja, mamãe. — Tonico virou a cabeça. Aquele menino botou coisas nele.

— Cruzes, Zen! Tonico fugir de casa? Passar a noite na rua, sem ter para onde ir, onde comer? Ele nunca andou de trem sozinho.

— Seja o que Deus quiser. — Zenaide suspirou.

Depois foram para a janela, e olhavam o menino pelas costas, caminhando bem devagar pela calçada, carregando sua caixa nas costas. O coração de Tonico só faltava estourar de medo, ou talvez estivesse deprimido, ele não sabia, mas já havia decidido a realizar o sonho que andava em torno de sua cabeça, cada vez mais convencido de que a vida de todo mundo havia mudado depois da morte do pai. Meio displicente, assim como quem dá a entender que não tem pressa, pois sabia que a mãe e a avó o estavam olhando da janela, desaparecia aos poucos no fim da calçada. Teve vontade de se virar, mas não o fez. Tinha certeza de que elas continuavam lá. Atravessou a praça, seus olhos procurando o amigo. "Será que Carniça não veio mesmo?" Ainda era cedo, talvez nem oito horas. Resolveu tentar engraxar alguns sapatos no outro lado da estação. Podia ser que desse sorte e quando Carniça aparecesse já devia ter no bolso as quinze pratas que lhe devia. Mas ao subir os degraus pensou melhor e desistiu da ideia. "Acho bom eu pegar logo um trem pra cidade." O coração tremeu só ao pensar em ver-se sozinho dentro de um daqueles monstros de ferro. Ainda mais de noite como já estava. Contudo havia decidido a não ter medo, ou melhor, dominar o medo. Ele sabia que se ficasse por ali, engraxando, sua mãe ou seu tio iriam encontrá-lo na certa. "É melhor eu me mandar logo." E, tremendo, atravessou o guichê da estação. Havia pouca gente, sinal de que um trem passara não fazia muito tempo. Mas ele não sabia disso. Não tinha prática em andar naqueles elétricos. Um homem estava sentado, e a sua preocupação foi olhar os sapatos dele. Achou que estavam imundos.

— Quer engraxar, moço?

O homem disse não, mexendo com a cabeça. Tonico foi lá na ponta da plataforma, e urinou nervoso. Voltou e foi lá outra vez. Por fim encostou-se, o tempo passando. Talvez decidindo ainda, pela última vez, se devia voltar para casa ou continuar. A estação enchia. O pavor deixava suas pernas trêmulas e a boca seca. Uma pequena dor de cabeça começava a despontar na fronte direita. E aquele desejo louco de urinar. Mas subsistia a ansiedade na sua alma, a vontade invencível de continuar fazendo o que já iniciara há tanto tempo. De ver como era o mundo fora do seu quarto. De repente, Tonico nem percebeu, o monstro encostou aceso e barulhento. As portas de ar se abriram tragando em segundos o povo impaciente. Tonico nem pensou, e lá se foi no meio deles. No carro havia pouca gente. Ao seu lado o banco estava completamente abandonado. Só ele. À sua frente dois rapazes distraíam-se, jogando "palitinho". Ficou de olho neles, acompanhando os lances do jogo, sem entender nada. O trem corria lépido, balançando de lá para cá, tranquilo, uma brisa gostosa varrendo tudo, e Tonico apreciando o jogo dos rapazes. Na verdade estava louco de vontade de andar de vagão em vagão, como Carniça fazia vendendo jornais. Mas tinha medo de cair do trem. Era melhor ficar onde estava. Houve a primeira parada e ele meteu os olhos para fora procurando ver tudo. Começava ali o seu mundo novo. Gente, luzes e lugares diferentes. Mas também o medo e a excitação. Lembrou-se da família lá atrás. Todo mundo procurando. Era como se estivesse vendo sua mãe assustada, o tio Bio com raiva e a avó chorando. Sempre fora assim. As lágrimas apontaram-lhe nos olhos. Mas procurou esquecer o quadro. Havia dentro dele, agora, a felicidade da sua coragem. Sabia que era preciso fazer assim. O que não tinha ainda bem definido dentro de si era o porquê da necessidade de fazer o que estava fazendo. Mais adiante, um dos rapazes da frente chamou-o.

— Dá uma engraxada aqui, garoto.

Ele não entendeu bem e o rapaz lhe mostrou os dois pés, estendendo-os. Tonico ainda demorou um pouco pensando. Algo lhe dizia que não ia dar muito jeito com o balanço do carro. Mas decidiu-se e tentou equilibrar-se no banquinho. A ideia de começar logo ganhando dinheiro abriu-lhe o apetite.

Em poucos minutos já havia conseguido manter-se sentado e engraxava com relativa facilidade. Só na hora de abrir a lata de graxa é que não conseguiu, mas o outro rapaz ajudou-o. Tonico riu, agradeceu e pôs mãos à obra.

— Você é um engraxatezinho muito alinhado! — observou um deles, olhando Tonico de sapatos, meias, camisa listrada limpa, calça branca também muito limpa, os cabelos penteados, além de uma fisionomia clara e quase bonita.

Quando terminou, o outro pediu-lhe também que engraxasse os seus. Exultou já antegozando o dinheiro dobrado que ia receber. "No mínimo dez pratas", pensou, considerando a dificuldade com que estava trabalhando. Quando acabou deu aquelas batidinhas na caixa, como fazia Carniça quando queria dizer ao freguês "está pronto". O que havia engraxado primeiro dobrou-se para a frente e lhe disse rindo:

— Vai no primeiro carro e vê se estou lá. Se tu me encontrar eu pago. — E caíram na risada.

Ora olhando para um, ora para outro, ainda sentado no banquinho, também achou graça da brincadeira dos rapazes. Um deles disse:

— Senta no teu lugar que eu te pago quando a gente chegar na Central. Tou com uma nota de cem. Lá eu troco e dou o teu.

Tonico disse "está bem", e voltou para o seu lugar, sempre de olho nos rapazes, mas desconfiado de que alguma coisa diferente estava acontecendo. Olhou para seu lado onde agora uma mulher cochilava mais perto dele. Um homem há muito apreciava a cena toda. Os rapazes lhe faziam gestos com as mãos, como quem dizia "espera garoto, que nós te pagamos". E Tonico sorria como quem dizia "não tem galho, eu espero". Numa estação mais adiante os rapazes se levantaram e Tonico, fazendo o mesmo, perguntou indeciso se já estavam na Central.

— Tá longe, moleque — disse um deles, já em pé, diante da porta, o trem parando.

— E o meu dinheiro?

As portas se abriram e um deles o empurrou. Tonico perdeu o equilíbrio e bateu com a cabeça num dos ferros do interior do carro. O trem saiu novamente e, lutando para não chorar, voltou a sentar-se no seu lugar, a cabeça doendo, os olhos cheios de lágrimas. Estava vermelho de ódio, e o homem da ponta perguntou-lhe se estava ferido.

— Só um pouquinho aqui — respondeu, levando a mão à testa. — Engraxei os sapatos deles e não me pagaram.

— São uns... — o homem largou um palavrão e Tonico, pelo menos agora, estava encontrando a solidariedade de um desconhecido. — Eu vi quando você engraxou os sapatos deles. Eu sabia que não iam te pagar. Pela pinta a gente conhece. Estavam beliscando o olho um pro outro.

— Por que o senhor não me avisou?

— Me meter com essa gente? Deus me livre, filho.

19.

FINALMENTE O TREM APORTOU NA CENTRAL. Tonico acompanhou o povo (ainda era cedo, talvez umas dez horas), desceu a rampa e se viu na calçada do grande edifício. Lá fora, a noite do centro da cidade: a Avenida Presidente Vargas, carros, caminhões, táxis, e um povo diferente daquele a que se habituara a ver nos seus poucos anos de idade. Sabia apenas que estava na Central do Brasil. Mas, de resto, sentia-se completamente perdido, o coração batendo, as mãos suadas. Queria apenas lembrar-se do nome da praça Cruz não sabia o quê.

— Não será a Praça Cruz Vermelha?

— É isso mesmo — abriu-se num sorriso.

Minutos depois, levando quase meia hora para atravessar a Presidente Vargas, seguiu os rumos que o homem lhe havia dado. Finalmente a misteriosa Praça Cruz Vermelha que vivia na sua cabeça há tanto tempo. "Carniça me disse que qualquer pessoa aqui sabe onde é a Rua dos Inválidos." Esse nome ele não havia esquecido. A moça que servia cafezinho no bar, depois de exclamar "ah, tão bonitinho", disse-lhe "vá por aqui, entre ali, olhe, lá naquela árvore, onde tem o ônibus parado". Tonico disse "muito obrigado" e partiu. Achar o depósito do Italiano foi coisa de dois segundos. Estava cansado, mas feliz. Já nem se lembrava de casa, tampouco dos caras do trem que não lhe haviam pago o trabalho. "Carniça me ensinou direitinho." A rua era escura e o depósito de jornais e revistas ficava mais adiante. As portas de aço estavam fechadas, exceto uma, pela metade, onde um velhote cochilava sentado, tomando conta. Tocou de leve no joelho do homem e perguntou pelo Seu Italiano e pelo Seu Paraíba.

— É muito cedo — o homem olhou-o de ponta a ponta e respondeu de má vontade. — Só chegam mais tarde.

Perguntou se ele conhecia um menino chamado de Carniça. O vigia franziu a cabeça inteira.

— Carniça? — e caiu na risada. — Nunca ouvi falar. — Tonico procurou explicar como era o amigo, a cor, o tamanho, etc.

— Ele me disse que dorme aqui até o Seu Paraíba acordar ele.

O velhote deu com os ombros e apontou lá pra dentro.

— Tem uns garotos dormindo aí. Vai lá ver.

— Onde é?

— Nos fundos.

Por dentro a loja era enorme. Prateleiras e mais prateleiras cheias de coisas, além de mesas, telefones e pilhas de jornais e revistas. Uma luz fraquinha brilhava no corredor. Tonico chegou ao fundo do depósito, um local espaçoso, bem maior do que na frente, onde uns oito garotos dormiam de barriga pra cima ou enrolados em jornais. Aproximou-se. Meio escuro como estava, olhava a cara de cada um com muita dificuldade. Nenhum deles parecia com o amigo, exceto um pretinho musculoso que dormia com o rosto voltado para um fardo de papel. "Eu acho que é ele." Aproximou-se com muito cuidado, andando por cima dos garotos. "Só pode ser ele", mas sem querer tropeçou e caiu de joelhos nas pernas do menino que ele pensou fosse Carniça. O garoto deu um pulo e fitou Tonico com os olhos esbugalhados.

— O que é que há, ó cara? — gritou em posição de batalha.
Outros dois meninos levantaram a cabeça. Tonico tremeu.
— Estou procurando Carniça.
— Vai pra... — O menino largou um palavrão e meteu-lhe a mão no rosto. Atingido de frente rodopiou e caiu em cima dos outros.

Dominado pelo pânico, levando murros e empurrões por todos os lados, desvencilhou-se como pôde e correu para a porta da frente. A gritaria era infernal. As lágrimas escorriam pelo seu rosto. O homem da frente veio de lá e gritou que diabo estava havendo.

— Que veio você fazer aqui, seu... — largou outro palavrão.
Procurou explicar, mas os outros já estavam perto e disseram, todos falando ao mesmo tempo, que ele era ladrão.
— Estava querendo roubar a gente.
— Acordei com ele em cima de mim.
Então o velhote pegou Tonico por um braço.

— Ah, é... não é? seu ladrãozinho safado — e o jogou no meio da rua com caixa de engraxar e tudo. De lá ficaram rindo e chamando-o de ladrão. Um dos garotos ensaiou uma corrida atrás dele.

— Vou te dá uma coça, seu... — E Tonico mal podendo se levantar, saiu em debandada pela rua escura. Mais na frente encostou-se num poste e abriu as lágrimas "se Carniça estivesse aqui eles não faziam isso". E ficou ali, longos minutos, o povo passando a olhá-lo de lado, estranhando aquele menino, até bem-vestido, encostado num poste, chorando. Lembrou-se de casa e deu o maior soluço de sua vida. Um soluço que lhe arrancou tudo de dentro. Mas então as lágrimas secaram. O rosto se recompôs. Não ia se entregar. Enxugou os olhos por baixo, e ajeitando a caixa sobre os ombros, caminhou até a Rua do Riachuelo. Num ponto de ônibus perguntou onde era a zona sul.

— Que zona sul, meu filho? Botafogo, Leblon, Copacabana.

Tonico optou por Copacabana. Ia engraxar sapatos lá, onde o pessoal pagava mais e os gringos davam muito dinheiro. Carniça havia lhe dito isso. A moça apontou para ele um ônibus que se aproximava.

— Esse ônibus vai lhe deixar lá. Pergunte ao trocador.

20.

DECIDIDO, ENTROU NO ÔNIBUS e pensou na hora "deve ser mais de onze". De longe olhou um relógio à sua frente. Faltavam quinze minutos. "Dá tempo para engraxar uns sapatos." Agora, mais calmo, pensava em tudo o que lhe havia acontecido. De uma coisa, porém, estava certo. Jamais voltaria ao depósito do Italiano. "Tudo porque não vi Carniça." Coçou a cabeça, sobrou um lugar e ele sentou-se ajeitando a caixa sobre as pernas. Sentia o desânimo se aproximando. As saudades de casa aumentavam. Lembrou-se dos caras que não lhe pagaram no trem "e ainda me empurraram", e no tapa-olho, socos e empurrões que havia levado dos moleques no depósito, "me chamaram de ladrão". Mais um soluço. O ônibus andava de um lado para o outro, e fazia voltas e mais voltas. No lado de fora as luzes e os túneis incandescentes. "Que coisa linda!" Perguntou a um senhor ao seu lado se Copacabana ainda estava longe.

— Que lugar de Copacabana?

— Qualquer lugar. Vou engraxar lá.

— Então... olhe, nós vamos entrar na Barata Ribeiro. Em qualquer lugar aqui é Copacabana.

Tonico ficou de olho na janela, e encantou-se com a quantidade de restaurantes e bares cheios de gente sentada em cadeiras no lado de fora, na calçada.

— Vou saltar aqui — disse sorrindo, e o homem puxou o sinal para ele.

— Muito cuidado, menino.

Estava agora, novamente, em outro lugar estranho. Talvez o mais estranho do mundo. Lembrou-se de casa outra vez. Será que sabia voltar? O coração batia de ansiedade. Atravessou com todo cuidado para o lado de lá da rua onde dezenas de mesas estavam cheias de gente bebendo, comendo, e todos falavam de coisas que ele não entendia.

— Quer engraxar, moço?

— Uma graxinha aí?

Já fazia isso com naturalidade. O que mais lhe causava admiração era ver a quantidade de meninos e meninas, quase nus, sujos e descalços, vendendo flores e balas. Dois velhotes cantavam e tocavam violão. Toda aquela rua parecia uma rua de sonho e cheia de festa. Lá no meio das mesas uma garotinha de pouco mais de seis anos pedia dinheiro com os dedos estendidos, suja, o nariz escorrendo e descalça. "Está sozinha?" Olhou para os lados. Viu uma mulher gordona, com dois embrulhos na mão, encostada numa árvore no lado de fora do restaurante "só pode ser a mãe dela". Um garção se aproximou e ele foi saindo aos poucos. Lembrou-se do que Carniça havia lhe dito "são inimigos da gente". Aproximou-se da mulher e perguntou se a garotinha era filha dela.

— Que é que você tem com isso, seu safado?

Ficou apavorado e foi embora. Mais adiante, na mesma calçada, outro restaurante. Tonico já estava se cansando e perguntava a si mesmo, minuto a minuto, se ainda devia voltar ao depósito do Italiano para procurar Carniça. "E se ele não estiver lá?" Tinha bem dentro da cabeça e do coração a imagem do que lhe acontecera. "Não vou voltar nunca mais ali." Lembrou-se de ver as horas. Lobrigou um relógio e viu que já era quase meia-noite. "E não engraxei nada". O que mais lhe doía é que ele não sabia distinguir um gringo, e se aproximava de todo sujeito barbudo, ou daqueles que fumavam cachimbo. Para Tonico o estrangeiro tinha que fumar cachimbo ou possuir barbas, loiras ou vermelhas. Ficou em pé, diante do restaurante, os pratos coloridos sobre as mesas, a fome lhe roendo. Viu uma garotinha de seus dez anos juntar uma porção de carne do prato de um casal que havia terminado de jantar. O casal sorria para a menina e o garção deleitava-se com a cena. A mulher dizia:

— Leve tudo, queridinha.

Tonico disse para si mesmo que preferia morrer de fome a fazer aquilo. Nunca ia ter coragem. Sempre de olho nos garções procurou ter mais sorte. Mas ninguém queria engraxar nada. O povo só pensava em beber chope, comer e conversar. Mais adiante, num botequim, tomou um refrigerante para "enganar" o estômago. Contou o dinheiro que restava. Um cara de costeletas pediu-lhe para engraxar seus sapatos. Estava em pé e bebia uma cerveja. Não foi com o jeito daquele freguês, mas ficou receoso de recusar. Sentou-se e engraxou os sapatos dele. O homem bebia e acompanhava todos os movimentos do menino.

— Você não tem nem o jeito nem a prática de um engraxate de verdade — disse-lhe o homem quando Tonico acabou, e puxou da algibeira duas notas de um cruzeiro.

— Cinco pratas! — recusou cobrando dentro da tabela de Carniça, na esperança de receber ainda uma gorjeta.

— Fica com esse mesmo ou não te dou nenhum. Nem aprendeu e já ficou ladrão. — E virou as costas.

Tonico continuou sentado, o coração doendo por receber novamente a palavra ladrão pela cara. "Todo mundo me chama de ladrão, hoje." Mesmo assim guardou as duas notas. Agora estava cansado. Sentia-se também muito só no meio daquele mundo estranho e cheio de gente que não sorria para ele. Lembrou-se outra vez da avó e da mãe. "Devem estar preocupadas comigo." Mas apesar das decepções, da fome e do cansaço, tinha ficado, agora, mais animado. Havia ganho um dinheirinho. "É o primeiro dia. Depois me acostumo." Sentiu aquela vontade de cair na sua cama e dormir. Mas estava longe demais. "Vou aguentar." Disse como se querendo amparar a si mesmo. E cada vez mais ficava admirado daquele povo todo na rua a uma hora daquelas. E quantos garotos da sua idade. "Aqui é bom porque a noite não acaba." Na verdade sentia-se triste e infeliz por tudo quanto já havia passado, mas, como era teimoso, continuava. Duas coisas o massacravam: primeiro, os adultos daquele mundo novo que apenas sorriam entre si, nos seus grupinhos fechados como se todos os demais fossem inimigos; depois, a indecisão dentro dele, se voltava ou não voltava ao depósito para procurar Carniça. Sabia que o velhote da porta ia dizer ao Italiano e ao Paraíba que ele era ladrão. Os garotos iam dizer a mesma coisa. "Será que alguém lá conhece Carniça?" E a confusão crescia ainda mais porque, exceto não tê-lo encontrado no depósito, o amigo não lhe havia mentido em nada. Enquanto ia pensando, tentava engraxar os sapatos dos fregueses sentados às mesas. Não estava num dia de sorte. "Sabe o que vou fazer?" Teve uma boa ideia. "Vou voltar para o depósito e ficar de longe, olhando. Se eu ver Carniça ele vai dizer a eles que eu não sou nada disso." Animou-se e resolveu mudar de rua. Sem querer descobriu a Avenida Nossa Senhora de Copacabana. Ficou no meio da calçada, e olhou de todos os lados para ver se encontrava mesinhas do lado de fora com gente bebendo e conversando. Não viu nada. Atravessou a rua, andou mais um pouco, e caiu no grande calçadão da Avenida Atlântica. Ficou deslumbrado. E no primeiro restaurante engraxou um sapato por cinco cruzeiros, ganhou um de gorjeta, e o homem de cabelos grisalhos ainda lhe ofereceu (não quis aceitar, mas foi o jeito) um pedacinho de carne com farinha, espetado num palito.

— Quer tomar um guaraná?

Deu com a cabeça, agradecendo. E apertou a mão do homem. Estava, agora, mais do que feliz. "Isso no primeiro dia. Depois vai ser mais fácil." A mulher do homem havia gostado da educação do Tonico, e disse para o marido que todos os meninos que trabalhassem na rua deviam andar assim bem cuidados.

21.

QUANDO SAIU EM DIREÇÃO DO OUTRO RESTAURANTE, que não ficava a mais do que alguns passos, um escurinho, também engraxate, encostou nele.

— Ó meu. Tu não tá legal.

Voltou-se para o garoto. Outro menino vinha de lá, também com uma caixa de engraxate na mão. O primeiro garoto estava acabando de dizer:

— Daqui até o Maximis, lá embaixo, é zona da gente. Ninguém pode engraxar. Nós dividimos a gaita.

O outro menino que acabara de chegar perguntou agressivo.

— Esse... tá invadindo, é? Pau nele.

Tonico deu um pulo para trás e foi se afastando, branco como papel, mas cheio de raiva "se fosse só um". Teve vontade de meter a sua caixa na cabeça deles.

— Cai fora, piranha! — o outro disse de longe. Afastou-se do local, os dois garotos em pé, olhando-o com os olhos nas suas costas. Amedrontado, deixou para trás vários locais bons de trabalhar. Até que não viu mais ninguém e entrou no meio das mesas de outro bar, imaginando que os moleques haviam ficado por lá, esquecido dele. O lugar estava cheio. A noite era bonita, um mulato fantasiado tocava violão e cantava. "Puxa, ainda vou aprender a tocar violão." Continuou fazendo a sua praça, perguntando a uns e outros, principalmente aos barbudos e aos pouquíssimos fumantes de cachimbos, se queriam engraxar. Um garção aproximou-se mandando que ele "caísse fora". Apesar do local bonito, não havia conseguido nada e já ia se afastando quando três garotos, os dois lá de trás, que ele já conhecia, e mais outro, caíram-lhe em cima aos pontapés. Tonico foi ao chão e recebeu um chute nas costas. Tentou levantar-se e outro empurrão jogou-o no chão outra vez. Um homem que estava sentado numa das mesas veio em seu socorro e fez os moleques correrem. Estava quase chorando.

— Por que fizeram isso com você?

— Não sei. Disseram que é zona deles.

O homem olhou os três moleques que haviam parado um pouco adiante, fazendo gestos e sorrindo.

— Vem cá engraxar os meus sapatos. Daqui a pouco eles vão embora.

Tonico tremia de raiva, mas o medo ainda era maior. Os meninos haviam se aproximado, e apreciavam de longe ele engraxar o sapato do freguês, que lia distraído um jornal. Esperavam a hora do ajuste de contas. Mas não conseguia engraxar direito, pois só fazia vigiar os moleques pelos cantos dos olhos. Lembrou-se de que se Carniça estivesse ali, ao seu lado, "esses caras estavam desgraçados". Demorou o que pôde, e por duas vezes o homem tirou os olhos do jornal e olhou para os sapatos brilhando, como quem diz "já está bom, garoto". Os três meninos, cada vez mais perto agora, riam e trocavam conversa entre si. O homem sabia o que eles estavam esperando.

— Querem mesmo te pegar.

Tonico deu com a cabeça e olhou para trás. Um dos garotos mostrou os punhos fechados, fazendo-o tremer outra vez. O sono e o cansaço agora haviam passado, substituídos pelo medo de ter que enfrentar os moleques. E o pior é que não tinha a mínima ideia de como escapar. Por fim deu por encerrado o serviço. Não podia demorar mais do que havia demorado. O homem deu-lhe seis cruzeiros e perguntou-lhe se queria tomar um guaraná. Depois, com os sapatos já limpos, voltou-se para o seu jornal. Apesar dos pesares estava com um pouco mais de sorte. Já havia ganho alguns cruzeiros, mas continuava sentado no banquinho, ao pé do homem, sem saber o que fazer. Estava com medo de apanhar de novo.

— Mais alguma coisa, garoto?

Aquela pergunta significou que o homem havia esquecido o seu problema. Era como se lhe tivesse dito "não tenho nada com isso". De modo que levantou devagar. E como não sabia para onde ir continuou no meio das mesas, abordando as pessoas. Um garção mandou que ele "se mandasse". Tonico olhou de longe os garotos que acompanhavam os seus passos. Para onde ia os meninos iam também. Suas pernas tremiam, o coração num bum-bum ensurdecedor. O garção insistiu "você já está enchendo", mas ele continuou como se estivesse dentro de uma fortaleza onde os moleques não pudessem entrar. Mas os seus piores inimigos, como lhe dissera Carniça, eram realmente os garçãos, e Tonico sentiu na carne a prova disso quando um deles, o mesmo que já o havia expulso por duas vezes, pegou-o pela cintura e arrastou-o até a calçada. Esperneou o que pôde, mas teve que ceder diante da força. Depois sua caixa foi jogada e ele correu para apanhá-la. Os moleques cercaram-no e ficou a ponto de explodir no choro, tal era o sentimento de impotência e solidão em que se via nesse momento.

— Vamos te cobrir de pancada! — disse um deles.

Tonico ia se afastando, num gesto instintivo, jogando pra frente com o banquinho numa das mãos e, na outra, a caixa de engraxate, cuja gaveta se abriu, suas latas de graxa, o vidrinho de álcool, tudo indo pro chão. Estava transido, apavorado, um dos moleques tentando derrubá-lo pelas pernas. As pessoas apreciavam indiferentes a cena "dos moleques de rua". Dois garçãos de braços cruzados riam. Um deles gritou.

— Três é covardia. Quero ver um de cada vez.

Os moleques riram para os expectadores, Tonico parado, as lágrimas escorrendo, até que um deles, o mais atrevido, gritou:

— Deixa comigo.

Num segundo pulou e os dois desabaram desastradamente no chão. Uma senhora levantou-se no momento em que Tonico, ao bater com a cabeça no chão, soltou um grito.

— Isso é incrível!

Meia dúzia de pessoas acorreram, e os garçãos lutavam

agora para desapartar os dois meninos engalfinhados no chão. O crioulo fantasiado parou de tocar o seu violão, e partiu para cima dos outros dois garotos que saíram correndo. Por sua vez o outro molecote também correu, e olhava para trás gritando:

— Vou te pegar, vou te pegar.

Os três sumiram no fim do calçadão. Sentaram Tonico numa cadeira, enquanto a mulher que havia protestado dizia os maiores absurdos para os dois garçãos. Ela não sabia qual deles havia estimulado a luta entre os meninos. O marido tentava acalmá-la e pedia desculpas a todo mundo.

— Não temos nada com isso, minha filha.
— Temos, sim. Nós somos os culpados dessa miséria.

Tonico chorava desamparado, e tinha um arranhão na testa. Muita gente cercava-o e a mulher esbravejava sobre "a sociedade miserável em que vivemos". Muito aflito o marido não sabia o que fazer. A mulher continuava, e agora estava destratando o povo, o governo, as autoridades, um inferno.

— Ela está nervosa.

Tonico soluçava no meio do pessoal e todos perguntavam se estava bem. O homem respondia por ele.

— Está bem, sim, foi só uma coisa à toa.

A mulher voltou-se muito solícita para o menino, dizendo a todo instante "coitadinho". As pessoas voltavam para os seus lugares.

— Onde você mora, meu bem?

Ao ouvir o nome do subúrbio da Central o homem virou os olhos para a mulher, "essa distância toda, nossa". O primeiro freguês do Tonico, que o havia salvo antes da agressão dos moleques, e que também assistia àquela balbúrdia, aproximou-se e, sem tomar conhecimento do casal, disse para o menino:

— Te pegaram mesmo, hein!

Ainda de cabeça baixa, mas sem chorar, deu com a cabeça.

— Eram três.

A mulher voltou-se para o recém-chegado.

— O senhor está vendo que absurdo?

O homem balançou a cabeça "está certa, minha senhora", e perguntou a Tonico:

— Quer que eu te leve até a Central do Brasil. Lá você pega um trem para casa.

Disse que sim e levantou-se cansado. Verificou um por um seus apetrechos que alguém havia recolhido no chão. Minutos depois estava sentado ao lado do estranho, dentro do corcel azul, Avenida Atlântica afora, em direção à Central. Permanecia quieto. Já não o deslumbravam as luzes da cidade. De vez em quando soltava um suspiro. Estava com saudades de casa. O homem dirigia, olhando-o de lado, e pensava em "como podia uma criança como essa, inexperiente, vir de tão longe para cair nesse meio". Tentou conversar.

— Você tem pai e mãe?

— Só mãe. E minha avó. Meu pai morreu um dia desses.

O homem balançou a cabeça várias vezes com os cenhos franzidos, como quem dizia "ah, agora eu entendo".

— Sua mãe sabe por onde você anda?

Entravam agora no túnel de Laranjeiras, que saía no Catumbi, a pouca distância da Central. Tonico limitava-se a suspirar como se estivesse soluçando. Arriado sobre o encosto do assento, de olhos cerrados e as mãos abandonadas sobre a caixa de engraxar, sentia-se envergonhado por tudo que fizera. A figura de Carniça lhe atravessou a mente. Mas, agora, os que permaneciam vivos nos seus pensamentos eram sua mãe, a avó Corália e o tio Bio, que deviam estar desesperados. O homem arriscou mais uma pergunta.

— Você estuda?

Abriu os olhos. O carro já estava parado diante da Central, pouco iluminada e cheia de gente se movimentando.

— Já chegamos? — perguntou.

— Agora é só pegar o trem. — Tonico remexeu-se, ajeitou a caixa, preparando-se para deixar o carro. O homem deu-lhe dez cruzeiros.

— Não precisa, não. — O menino estava do lado de fora. — O senhor já me pagou e ainda me trouxe aqui.

Insistiu, mas Tonico não aceitou de maneira nenhuma. O homem deu de ombros e acelerou o carro.

— Sabe ir para casa?

— Sei sim. Eu pergunto.

O carro sumiu e Tonico ficou pensando "que cara legal". Mas agora estava outra vez sozinho diante do monstro que era o prédio da estação. De vez em quando soluçava, e ainda tinha os olhos molhados. Só pensava em chegar em casa. Lembrou-se novamente de Carniça, que havia sumido há dois dias, e ele não sabia por quê. "Se ele estivesse comigo nada disso tinha acontecido."

Entrou no salão da estação quase vazio, e viu alguns garotos com jornais debaixo do braço gritando as manchetes. E disse para si mesmo que o amigo talvez estivesse vendendo seus jornais dentro do trem. Seus olhos fechavam de sono. Os tapas e pontapés que havia levado deixaram-lhe o corpo doído. O sangue havia endurecido no arranhão da testa. Estava imundo: mãos, rosto, roupa. Lembrou-se da avó e arrepiou-se. Mas a sua caixa continuava ali, nas suas costas, inteira. Apenas havia perdido uma das escovas, e o vidrinho de álcool quebrara-se quando caiu na calçada. Comprou a passagem e perguntou onde era a plataforma do seu trem.

— É aquela ali, número seis. Corre que vai sair um daqui a pouco. Olhe ele lá.

O coração bateu de sobressalto. Entrou no penúltimo carro da composição e sentou-se ao lado de um homem que dormia sentado, encurvado para os joelhos, o jornal aberto nas pernas. Mais na frente um casal ressonava, o rapaz de cabeça para cima, a boca aberta, a moça derreada sobre o peito dele. Talvez umas trinta pessoas no carro, a maioria dormindo a sono solto. Sentia que muita coisa havia mudado em sua vida a partir daquele dia. Pelo menos aprendera que não precisava ter medo de andar sozinho. Esse tipo de mistério havia desaparecido da sua imaginação. Havia compreendido também que jamais poderia enfrentar os moleques que viviam pelas calçadas. Meninos como ele não estariam nunca preparados para essa luta miserável numa arena tão estranha. Aprendera também, naquela pequena experiência, que os adultos da rua nunca iriam amá-lo como sua mãe, a avó Corália e o tio Bio. O sono fechou-lhe os olhos devagarinho, a saudade de casa aumentando. Acordou numa freada do trem e olhou em volta. O carro estava quase vazio, mas o homem que dormia a seu lado continuava ainda lá, agora lendo o seu jornal. Perguntou-lhe se a sua estação já havia passado e o homem disse que era a próxima. Levantou-se, mas foi avisado de que ainda havia tempo.

— Estamos parados num sinal. Vai demorar. Você dormiu um bocado e sua caixa de engraxar caiu. Está aqui ao meu lado.

Tonico até já havia se esquecido dela.

— Agora não durma — recomendou ele continuando a ler.

Nesse momento um enorme trem colorido passou em velocidade na direção contrária.

— Por causa desse é que ficamos parados aqui. Tivemos que dar passagem. Agora vamos embora.

E, na verdade, o trem continuou a viagem. Minutos depois já estava parando na estação onde Tonico morava.

— Até logo —, disse para o homem que balançou a mão.

22.

— FICOU SOZINHO NO FIM DA PLATAFORMA, pois os poucos passageiros que desembarcaram com ele vinham nos carros da frente. Correu então para perto deles e subiu as escadas. Lá em cima olhou rapidamente toda a cidade. Era como se tivesse voltado de uma viagem de muitos anos. Que solidão naquele momento. E o pior é que retornava derrotado. Só desejava cair na sua cama e dormir. No meio da praça escura, olhava as sombras, o medo aumentando. E começou a correr. Estancou quando viu as luzes acesas. Uma cabeça estava na janela da sala, como se de prontidão, mas ele não sabia quem era. Não dava para distinguir. Aproximou-se por trás das árvores, devagar, e viu que a cabeça da janela havia se espichado para fora. Depois outra cabeça e mais outra. Ele atrás da árvore, acovardado, com vergonha de se aproximar. Mas agora sem medo, pois sentia-se perto da família e sabia que eles já o tinham visto. "Uma hora dessas e todo mundo ainda acordado." Alguém abria a porta dos fundos, e viu a figura do tio surgir e encaminhar-se na sua direção. Tonico percebeu que havia ainda três cabeças na janela. "A tia Marly também está lá em casa." Severino ficou olhando para ele, de braços cruzados e balançando a cabeça, como quem diz "você, hein!". Abraçou o tio e começou a chorar. Severino beijou-lhe os cabelos e alisou todo o seu corpo doído.

— Nós somos tua família, Tonico. Não merecemos isso.

Sua avó correu para a calçada e abraçou-se com ele. Dona Zen, em prantos, chorava agarrada pelas costas ao filho. Severino abraçou todos e disse:

— Vamos entrar e dormir o restinho da noite. Daqui a pouco o dia amanhece. Amanhã a gente conversa à vontade.

Quando chegaram a tia Marly teve a sua chance de abraçar o sobrinho e brincou com ele.

— Que tal o mundo lá fora, Tonico?

De cabeça baixa e soluçando era levado pela avó para o banheiro.

— Em que estado ficou esse menino, meu Deus!

Severino tinha nas mãos a caixa de engraxar e balançava a cabeça rindo só com os lábios. Dona Zenaide não pôde deixar de acompanhar o irmão, apesar das lágrimas dançando nos olhos. A cunhada abraçou-a.

— Está tudo bem, Zen. Ele está em casa inteirinho da silva.

— Eu sei, Marly. Eu sei. Mas e amanhã? E depois?

O tio interferiu enquanto pousava as coisas de Tonico ao pé da janela.

— Ele não vai fugir outra vez. Mas precisamos entender que Tonico mudou, que já não é mais aquele menininho de uma semana atrás. A morte do Luiz modificou muita coisa em todos nós. As coisas são assim, mudam e pronto. — Deu um grande bocejo. — Estou estourado. Que noite! Me dá mais um cafezinho, Zen.

— Mais café e mais cigarro — disse Marly.

— Amanhã vou "matar" o trabalho. À tarde quero aproveitar para acertar um negócio para o Tonico. Ele vai adorar.

Zenaide aproximava-se com o café. Ao ouvir as últimas palavras do irmão perguntou do que se tratava.

— Depois eu conto a vocês. Por enquanto é segredo.

Tonico entrou na sala enrolado em duas toalhas, a avó ainda lhe enxugando os cabelos. Agora já olhava os parentes no rosto. Até riu um pouco para a tia Marly que ficava de lá brincando com ele.

— Não quer ver suas irmãs? Elas estão lá dentro, dormindo na cama de sua mãe.

Foi até o quarto da mãe. Ninguém o acompanhou. Minutos depois voltou com os olhos vermelhos. Todos sabiam que ele havia chorado, pois sempre fora agarrado a elas.

— Vão ficar com a gente agora? — Zenaide abraçou-o.

— Tonico, meu amorzinho, ajude a sua mãe. — E caiu no choro outra vez.

— Eu quero ajudar a senhora.

— Mas não é assim, meu filho.

— Eu sei que não é assim. Não faço mais isso.

Tio Severino, que os olhava da janela, fumando, sentiu o coração diminuir. Sabia que naqueles dias Tonico havia, no mínimo, amadurecido mais alguns anos. E por isso achava que tudo ia ficar mais fácil para todos se entenderem melhor. O menino havia recebido a sua primeira grande lição da vida. Mas havia dado, também, uma lição na família. O homem já começava a crescer dentro dele. Dona Corália chamou o neto para fazer um lanche forte, escovar os dentes e dormir. Zenaide indagou baixinho do irmão.

— Perguntou pelo amigo dele? Carniça?

— Isso não tem mais importância, Zen. Carniça, ou seja lá quem for, não vai significar mais nada para Tonico. Aposto.

— Deus ouça você.

— Fique tranquila.

O dia clareava e muita gente já passava pela calçada indo para o trabalho. Dona Corália voltou, deu um longo suspiro de cansaço, e sentou-se à mesa perto dos outros.

— Que coisa, hein! Que coragem tem esse menino.

— Ele contou alguma coisa, mamãe? — perguntou Zenaide.

Dona Corália cruzou as mãos no peito, olhou para cima, e suspirou de novo.

— Muito rapidamente. Eu não quis insistir. Parece que uns garotos chamaram ele de ladrão... sei lá. E outros bateram nele em Copacabana. Imagine, meu Deus!

Agora todos riam e Severino era quem ria mais alto. E tossia ao mesmo tempo, engasgado com a fumaça.

— Você não larga esse cigarro!

Dona Corália levantou-se.

— Querem fazer um lanche antes de deitar-se?

Ninguém queria nada, a não ser cair na cama. Zenaide fechava a janela da sala.

— Durmam no meu quarto com as crianças — disse para o irmão e a cunhada. — Apertem um pouquinho que vai dar. É uma noite só. Eu durmo com mamãe.

Todos concordaram. As luzes foram apagadas, mas a manhã começava a entrar dentro de casa, o sol já dando o ar de suas graças.

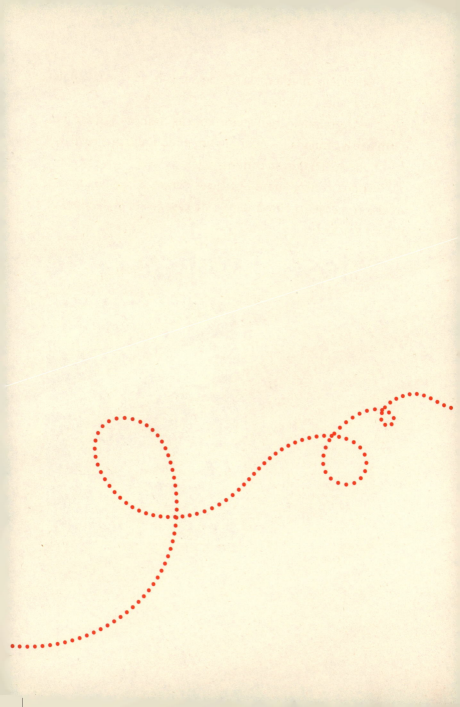

Saiba mais sobre
José Rezende Filho

É MUITO PROVÁVEL QUE JOSÉ REZENDE FILHO tenha usado as próprias lembranças de infância para criar o personagem Tonico. Nascido em Recife, em 1929, cresceu no interior de Pernambuco, só retomando à capital do estado com dezessete anos. Iniciou sua atividade literária ao fundar a revista *A capital*. Até os vinte anos, escreveu contos e romances que, entretanto, permaneceram inéditos por muitos anos. Morou no Rio de Janeiro e, posteriormente, passou a trabalhar como jornalista e funcionário público em Brasília. Este romance para o público jovem foi publicado em 1977, no mesmo ano em que o escritor faleceu.

Uma carreira literária e uma morte precoces

Capa da edição publicada pela Ática desde 1977.

José Rezende Filho nasceu na capital pernambucana, em 1929, mas passou a maior parte de sua infância e pré-adolescência no interior do estado. Viveu em Carpina, cidade que fica à 45 quilômetros da capital Recife, até os dezessete anos. Foi no interior pernambucano que concluiu seus estudos primários e de onde tirou material para se inspirar nos seus personagens mais famosos, Tonico e Carniça.

Autor precoce, ao chegar em Recife, com dezessete anos, fundou a revista literária *A capital*. Nesta mesma época, escreveu diversos contos, romances e novelas, que foram publicados posteriormente, como *Os irmãos Ravenas*, *Zesilca*, *Doutores de engenho*,

Dimensão zero, O tenente Zé Falcão e *Colar sangrento*.

Nos anos 1950, mudou-se para o Rio de Janeiro, onde começou a trabalhar como jornalista e a publicar contos em revistas e jornais. Alguns dos seus contos foram publicados no Suplemento Literário do *Jornal do Brasil*.

Anos depois, mudou-se para Brasília, onde trabalhou como jornalista, funcionário público e, ainda, fundou outra revista literária, a *Sua Revista*.

De volta ao Rio de Janeiro, em 1969, conseguiu enfim publicar o romance *Dimensão zero*. E em 1977, meses após a sua morte precoce, foi publicado o romance *Tonico*.

A continuação de *Tonico*

A partir de anotações e esboços deixados pelo autor morto aos 48 anos, o amigo e também escritor, Assis Brasil, escreveu a continuação de *Tonico*. Após conviverem juntos por anos, Assis Brasil teve o cuidado em respeitar o estilo, as ideias básicas e o perfil psicológico dos personagens criados por José Rezende Filho. Uma das ideias principais do autor de *Tonico* era dar mais destaque ao personagem Carniça, mostrando que embora fosse pobre e não tivesse uma boa educação, ele era leal ao amigo. O romance *Tonico e Carniça* foi publicado em 1982.

Conheça outros títulos da série Vaga-Lume!

Francisco Marins
A aldeia sagrada

José Maviael Monteiro
Os barcos de papel

Lúcia Machado de Almeida
O escaravelho do diabo
Spharion

Luiz Puntel
Açúcar amargo

Maria José Dupré
A Ilha Perdida

Marçal Aquino
A turma da rua Quinze

Marcelo Duarte
Deu a louca no tempo

Orígenes Lessa
O feijão e o sonho

Este livro foi composto nas fontes Rooney e Skola Sans
e impresso sobre papel pólen bold 90 g/m².